BIBLIOTHÈQUE

DES

ÉCOLES

ET DES

AMATEURS

J. Rothschild & Cie

LA

POSTE AUX LETTRES

15997 — PARIS, IMPRIMERIE A. LAHURE

9, rue de Fleurus, 9

BIBLIOTHÈQUE

DES ÉCOLES ET DES FAMILLES

LA
POSTE AUX LETTRES

PAR

LOUIS PAULIAN

OUVRAGE ILLUSTRÉ DE 62 GRAVURES

DEUXIÈME ÉDITION

PARIS

LIBRAIRIE HACHETTE ET Cⁱᵉ

79, BOULEVARD SAINT-GERMAIN, 79

1887

LA

POSTE AUX LETTRES

INTRODUCTION

Aujourd'hui qu'il suffit de jeter une lettre dans une boîte, après l'avoir affranchie avec un timbre-poste de 25 centimes, pour que cette lettre, sans que nous n'ayons plus à nous en occuper, s'en aille rapidement et sûrement jusqu'au bout du monde, nous avons de la peine à comprendre comment, pendant de nombreux siècles, nos pères aient pu vivre sans la poste aux lettres.

C'est le propre de tout progrès de nous faire oublier les difficultés et les misères de la route parcourue pour ne plus voir que les obstacles qui demeurent devant nous. Quand un savant enrichit la science d'une grande découverte, il semble tout d'abord que cette découverte doive être la dernière et que dans cet ordre d'idées il ne reste plus aucun progrès à accomplir. Mais bientôt la découverte qui a émerveillé une génération devient, pour la génération suivante, un système suranné, qui ne tarde pas à céder le pas à un système plus perfectionné.

A chaque instant nous nous plaignons d'être mal outillés

pour la lutte de la vie. Souvent cette plainte est bien justifiée,
et cependant, sur plus d'un point, le paysan dans sa chau-
mière, l'ouvrier dans son atelier, possèdent aujourd'hui un
bien-être matériel qui, il y a moins de deux siècles, faisait
défaut au plus puissant des monarque

Louis XIV dans son château de Versailles souffrait du froid
à côté de ses immenses cheminées, et, le soir venu, lorsqu'il
fallait illuminer ses salons et ses jardins, on allumait des
quinquets et des chandelles nauséabondes qui, avec de la
fumée, répandaient une odeur des plus désagréables.

Lorsque Carcel inventa la lampe qui porte son nom, lorsque Chevreul nous permit de substituer la bougie à la chan-
delle, il semblait que désormais la question de l'éclairage
perfectionné fût résolue.

Aujourd'hui, dans la plus petite ville de province, les rues
sont éclairées au gaz, et déjà le gaz commence à disparaître
devant la lumière électrique, qui demain sera installée non
seulement dans les palais des riches, mais encore dans la
demeure du petit bourgeois et de l'ouvrier. Et cependant
nous nous plaignons toujours. Nous n'apprécions pas tout
notre bonheur par la raison bien simple que nous n'avons
pas connu les ennuis ou les souffrances qu'ont eu à endurer
ceux qui ont vécu avant nous. Dans notre égoïsme nous oublions jusqu'au nom même de nos bienfaiteurs; nous jouis-
sons de leurs découvertes comme d'une chose qui nous est
due; nous ne paraissons même pas nous douter qu'il a fallu
des années de travail, des sacrifices de toute nature, des dévouements sans nombre pour nous doter de tel instrument
ou de tel outil dont nous nous servons tous les jours, sans que
jamais s'élève du fond de notre cœur un sentiment de reconnaissance pour celui ou pour ceux auxquels nous sommes
redevables d'un tel bienfait.

Écrire une lettre, quoi de plus naturel, quoi de plus fré-
quent? A chaque instant, quand deux personnes se séparent

dans la rue, vous entendez cette phrase qui termine leur entretien : « Écrivez-moi un mot ». Écrire un mot, c'est facile aujourd'hui, mais, il y a deux cents ans, c'était un luxe qui n'était pas à la portée de tout le monde; non seulement le transport d'une lettre coûtait très cher, mais encore il s'opérait avec une lenteur désespérante.

Il a fallu toutes les inventions modernes, la vapeur, les chemins de fer, les navires transatlantiques, pour permettre à cette grande machine qu'on appelle la *Poste aux lettres* de fonctionner avec cette admirable régularité que nous lui connaissons aujourd'hui.

Mais si nous nous servons tous de la Poste, nous ignorons en général les opérations diverses par lesquelles passe une lettre pour se rendre de la boîte dans laquelle nous la jetons jusqu'au domicile de la personne à laquelle nous l'adressons. C'est ce voyage que je me propose de faire faire à mes lecteurs.

Mon livre étant destiné aux jeunes gens, j'ai laissé de côté, autant que je l'ai pu, toutes les questions techniques. J'ai essayé, en multipliant les anecdotes et les détails curieux, d'écrire un volume qui pût à la fois intéresser le lecteur et lui faire connaître les rouages principaux de cette puissante machine qui s'appelle la *Poste aux lettres*.

CHAPITRE I

LA POSTE DANS L'ANTIQUITÉ

Lorsqu'on étudie les différents moyens à l'aide desquels les hommes ont essayé de communiquer entre eux à de grandes distances, on arrive à se convaincre que le son est certainement le premier élément auquel ils ont eu recours.

La voix humaine est en effet le moyen de communication le plus naturel, et il est aisé de comprendre qu'en répétant des cris de distance en distance, il soit possible de transmettre une nouvelle avec une assez grande rapidité sur un espace donné.

La transmission d'un ordre par la voix humaine est encore employée de nos jours en temps de guerre; les Parisiens qui, pendant l'année terrible, montaient la garde la nuit sur les remparts de la capitale, se souviennent sans doute du cri « *Sentinelle, prenez garde à vous!* » qui, passant de bouche en bouche, faisait si rapidement le tour de l'enceinte fortifiée pour revenir jusqu'à l'oreille de celui qui le premier l'avait poussé, l'assurant ainsi que partout on faisait bonne garde.

Après le son, les hommes ont eu recours aux signaux. Je ne sais quel écrivain a prétendu que la correspondance par signaux remontait à l'époque de la construction de la tour de Babel; cette tour n'aurait été qu'une sorte de poste central d'où l'on échangeait des communications avec tous les pays habités.

La Bible nous apprend que les Israélites, lors de leur fuite en Égypte, furent conduits pendant le jour par des colonnes de fumée, et la nuit par des colonnes de feu[1].

En Afrique le système des feux est employé par les Arabes, qui se communiquent ainsi les nouvelles importantes.

La lecture des auteurs grecs, dit Ternant dans son beau livre *Les Télégraphes*[2], prouve que la Grèce fut couverte de phares et de feux, destinés à signaler certains événements, la nuit par leur lumière, le jour par leur fumée.

Eschyle et Thucydide, Homère et Pausanias rapportent dans leurs œuvres les nouvelles qui, de fanal en fanal, ont traversé la distance pour annoncer les événements fameux. La fête des Flambeaux, que l'on célébrait à Argos, n'aurait été instituée, suivant Pausanias, qu'afin de perpétuer le souvenir de la manière dont Lyncée et Hypermnestre s'étaient mutuellement avisés, au moyen de fanaux, qu'ils avaient tous deux échappé à un danger menaçant.

Les Chinois et les Indiens correspondaient, à de grandes distances, à l'aide de feux de Bengale dont les Anglais ont rapporté en Europe la composition.

Les Romains eurent recours à des signaux pour échanger des communications rapides. Ces signaux étaient transmis par des hommes qui se tenaient sur de hautes tours, dont les vestiges existent encore sur divers points de la France.

Dans les ports de mer on se sert de ce système pour transmettre aux vaisseaux en mer les signaux de marée. Des ballons sont hissés au haut d'un mât; suivant leur nombre

1. *Exode.*
2. *Les Télégraphes*, par Ternant, Hachette, Paris.

et leur position, le navire qui se dirige vers le port est
informé de la profondeur d'eau qu'il trouvera dans le che-
nal.

Signaux de marée.

C'est également à l'aide de signaux que Chappe établit le
premier télégraphe français. Son système consistait dans
l'emploi d'une machine composée, à sa partie supérieure, de

trois pièces nommées *ailes* et dont chacune se mouvait séparément. — A l'aide de ces trois pièces on pouvait former toute une série de lettres et de mots. Les machines de Chappe étaient placées de distance en distance sur les points les plus élevés; on utilisait les clochers des églises et, lorsque le pays ne présentait aucun point culminant, on construisait une tour. On peut voir encore au ministère des postes et des télégraphes, rue de Grenelle, la grande tour centrale où aboutissaient toutes les dépêches transmises par le télégraphe aérien.

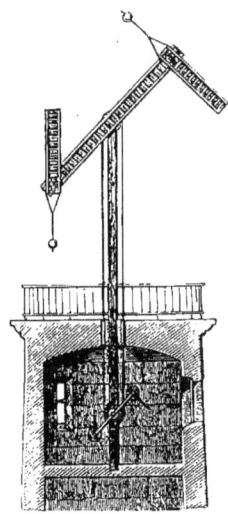

Le système de Chappe fut adopté en 1793 par la Convention nationale. Grâce aux efforts de Lakanal, Chappe est nommé *ingénieur* et reçoit la solde d'un lieutenant du génie. Il se met immédiatement à l'œuvre et établit des lignes télégraphiques reliant les villes assiégées avec Paris, et bientôt la valeur de nos soldats lui fournit une occasion solennelle de prouver toute l'efficacité de son

Télégraphe Chappe.

système. Le 1er septembre 1794, la ville de Condé est reprise sur les Autrichiens. Une dépêche est envoyée à Paris pour annoncer la grande nouvelle. Elle est ainsi conçue : « Condé est restituée à la République; la reddition a eu lieu ce matin à six heures ». La dépêche arrive à Paris le jour même à midi, au moment où la Convention entrait en séance. Carnot monte à la tribune et donne lecture de la dépêche Chappe. Immédiatement l'assemblée tout entière éclate en applaudissements enthousiastes, qui s'adressaient autant à l'armée victorieuse qu'à Chappe, dont la découverte permettait de réaliser un si grand progrès.

La Convention nationale ne se contenta pas d'applaudir, elle voulut manifester toute sa satisfaction à l'armée française et, sur son ordre, le président rédigea le décret sui-

Télégraphe Chappe.

vant, dont nous sommes heureux de pouvoir donner un fac-similé :

« La Convention nationale vient de décréter que Condé

s'appellera désormais *le Nord libre*, que les armées du Nord

La Convention N[le] vient de
Décréter que Caudé s'appellera
Désormais le Nord libre
que les armées Du Nord vent
ne cessent pas de bien
mériter de la patrie.
que le Thélégraphe
fera papier à l'instant
ce Décrit a condé
et a l'armée ;.
le président de la Convention
Nationale
merlin
de Thieu

Fac-similé d'un décret de la Convention nationale.

ne cessent pas de bien mériter de la patrie, que le télégraphe fera passer à l'instant ce décret à Condé et à l'armée. »

Après le son et les signaux les hommes ont employé des *coureurs* pour transporter les nouvelles d'un point à un autre.

Diodore de Sicile nous dit que dans l'ancienne Égypte le roi, « après s'être levé dès la pointe du jour, recevait lui-même les dépêches venues de toutes les parties du royaume, afin d'être en mesure de traiter et de régler toutes les affaires le plus sagement possible ».

En Grèce, où tous les exercices corporels étaient en honneur, les coureurs jouissaient d'une très grande considération. C'est parmi les vainqueurs des jeux Olympiques qu'étaient choisis les *hémérodromoï*. — C'étaient, la plupart du temps, des jeunes gens à peine sortis de l'enfance. — Dans leurs courses ils n'emportaient que l'arc et les flèches, le javelot et la pierre à feu.

Nous trouvons dans les auteurs grecs des exemples extraordinaires de la rapidité avec laquelle les *hémérodromoï* accomplissaient les courses les plus considérables.

En 490 avant notre ère, les Perses débarquent à Marathon. Ils sont au nombre de 110 000. Les Athéniens n'ont que 10 000 des leurs et 1000 Platéens à opposer à ce flot envahissant. Ils envoient le coureur Phidippide demander du secours à Sparte. Phidippide se met en route, et en moins de deux jours il parcourt 240 kilomètres.

Sparte promet d'envoyer des troupes, mais une loi religieuse défendait aux soldats d'entrer en campagne avant que la lune fût dans son plein, et elle n'était encore qu'à son neuvième jour.

Les Athéniens n'ont à compter que sur leurs propres forces; ils ne sont que 11 000, mais ce sont 11 000 héros. Ils s'élancent comme la foudre sur les 110 000 barbares, les culbutent et les rejettent à la mer. Immédiatement un soldat est envoyé à Athènes pour annoncer la nouvelle de la victoire. Il marche nuit et jour, arrive à Athènes épuisé : « Réjouissez-vous, s'écrie-t-il, nous sommes vainqueurs! » puis il tombe mort de fatigue.

A.PAQUIER del.   J.ROBERT sc.

Le soldat de Marathon

Le Mexique, bien avant la conquête des Espagnols, possédait un service de coureurs publics postés de distance en distance pour faire passer les nouvelles d'une partie de l'empire à l'autre.

Robertson, dans son *Histoire de l'Amérique*, nous apprend que lorsque Fernand Cortez aborda à Saint-Jean-d'Ulloa à la tête de son expédition, deux ambassadeurs lui furent envoyés par Montézuma.

Pendant l'entrevue, quelques peintres venus à la suite des ambassadeurs furent occupés à dessiner sur des étoffes de coton blanc les vaisseaux, les chevaux, les canons et les soldats des Espagnols. Sur-le-champ on dépêcha à Montézuma des courriers chargés de lui remettre ces tableaux et de lui faire le récit de ce qui s'était passé depuis l'arrivée des Espagnols.

Cortez envoyait en même temps au monarque quelques curiosités d'Europe de peu de valeur. mais qu'il crut pouvoir lui être agréables par leur nouveauté.

Quoique la capitale fût distante de 180 milles de Saint-Jean-d'Ulloa, les présents de Cortez furent portés à l'empereur, et sa réponse rapportée à Cortez en peu de jours.

Les Péruviens, qui avaient des messagers comme les Mexicains, n'écrivaient pas la totalité des dépêches qu'ils confiaient à leurs messagers. L'art de fixer la pensée était remplacé chez eux par un système de cordelettes à nœuds de diverses couleurs, dont la signification mystérieuse et variable défiait toute violation du secret des correspondances.

L'appareil dont se servaient les Péruviens, et qui s'appelait *quipos*, se composait d'une corde horizontale à laquelle étaient attachés perpendiculairement plusieurs cordons.

Chacun de ces cordons, par la place qu'il occupait par rapport aux autres, représentait un objet ou une idée. Les nœuds qu'on y faisait indiquaient le nombre de ces idées. Enfin les différentes manières dont les cordons étaient tressés et coloriés comportaient encore d'autres significations accessoires.

Le messager apprenait par cœur une partie de la nouvelle
qu'il devait apporter. L'autre partie était exprimée par le
paquet de cordelettes qu'on lui confiait. Aux quatre grandes
routes militaires du royaume, de six en six kilomètres, étaient
placées des maisons en bois recouvertes de paille. Chacune de
ces maisons abritait quatre coureurs en temps de paix et huit
ou dix en temps de guerre. Pendant que deux d'entre eux se

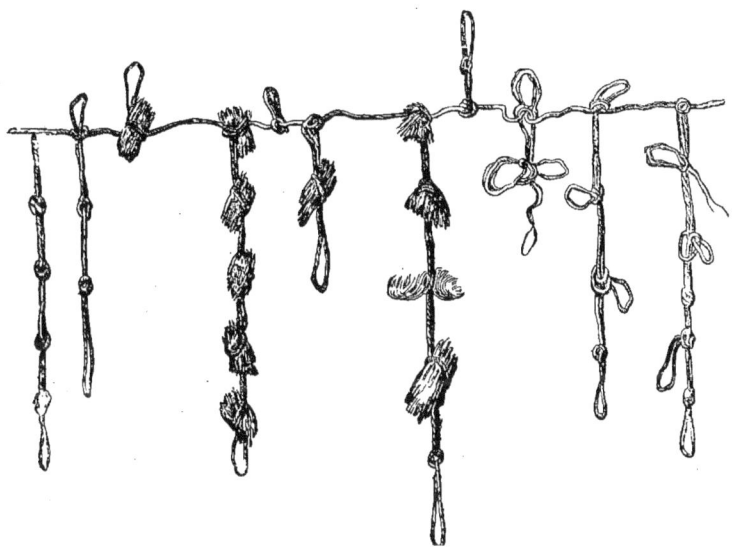

Quipos péruviens.

reposaient, les deux autres observaient soigneusement la
route pour découvrir les signaux de feu. Dès qu'on voyait
monter en l'air de la fumée ou de la flamme, celui qui avait
aperçu le signal allumait un bûcher pour avertir la sentinelle
suivante, puis il courait au-devant du camarade qu'il atten-
dait afin de se faire transmettre son message verbal avant que
ce dernier eût atteint son but.

Tous deux couraient alors ensemble jusqu'à ce que celui
qui relevait l'autre eût appris le message mot par mot et pût

le répéter sans erreur. Quand il était certain de bien savoir
sa leçon, il se faisait donner le paquet de cordes contenant
la deuxième partie de sa dépêche, quittait son camarade et
suivait seul sa route, jusqu'à ce qu'il fût à son tour relevé
de la même façon par un autre courreur arrivant au-devant
de lui.

Les messagers péruviens faisaient si bien leur service, que
les Incas pouvaient manger du poisson frais dans leur capitale,
éloignée de la mer de 500 kilomètres.

C'était d'après les mêmes principes qu'était organisée la
poste en Chine lorsque Marco Polo visita ce pays au treizième
siècle. Aujourd'hui encore les Chinois font transporter leurs
lettres par des piétons, qu'ils appellent pompeusement d'un
nom qui signifie « cheval de 500 kilomètres »; nous ignorons
en combien de temps ces facteurs-chevaux accomplissent
cette course de 500 kilomètres.

Sur la côte d'Afrique, les nègres apportent les lettres au
bout d'un bâton et, malgré la chaleur accablante, parcourent
en courant de grandes distances.

Hérodote nous apprend que les éphores de Sparte avaient
recours, pour communiquer avec les rois et les généraux en
campagne, à un système qui avait quelque analogie avec celui
des Péruviens. Les éphores employaient la *scytala*, bâton
entouré d'une bande de cuir ou de papyrus sur laquelle
ils écrivaient leurs ordres. Cette bande déroulée ne présentait
que des caractères sans suite, mais le général en retrouvait
l'ordre au moyen d'une scytala semblable qu'il portait avec
lui et sur laquelle il roulait sa dépêche de façon que chaque
caractère reprît sa place primitive.

Quelle que fût la rapidité du coureur, l'homme ne tarda
pas à être battu par le cheval. Les Perses avaient, du temps
de Cyrus, une *poste* aux chevaux très bien organisée.

« Cyrus, nous dit Xénophon, ayant calculé la distance qu'un cheval peut parcourir en un jour sans être excédé, fit construire des écuries séparées entre elles par la même distance. Il y plaça des chevaux et des serviteurs pour les soigner. Il préposa sur chaque point un homme intelligent, pour recevoir les dépêches et les transmettre, pour faire rafraîchir les hommes et les chevaux qui arrivaient fatigués, et les remplacer par d'autres.

« Souvent la nuit n'arrête pas le message, et au courrier du jour succède le courrier de nuit. Telle est leur vitesse, qu'on dit qu'ils devançaient le vol des oiseaux. S'il y a de l'exagération dans cette parole, on peut, du moins, affirmer qu'il n'est pas au *pouvoir de l'homme* de voyager plus rapidement sur terre[1]. »

Xerxès améliora cette institution.

Hérodote nous apprend que de la mer Égée jusqu'à la capitale de l'empire des Perses il existait cent onze gîtes, séparés l'un de l'autre par une journée de chemin.

« Après la défaite de Salamine, Xerxès expédia un courrier en Perse pour y porter la mauvaise nouvelle. Rien de si prompt parmi les mortels que ces courriers. Voici en quoi consiste cette invention : autant il y a de journées d'un lieu à un autre, autant, dit-on, il y a de postes avec un homme et des chevaux tout prêts, que ni la neige, ni la pluie, ni la chaleur, ni la nuit, n'empêchent de fournir leur carrière avec toute la célérité possible. Le premier courrier remet ses

La scytala.

----

1. Hérodote, *De Urania.* — Belloc, p. xiii.

ordres au second, le second au troisième. Ces ordres passent
de l'un à l'autre, de même que, chez les Grecs, le flambeau
passe de main en main aux fêtes de Vulcain[1]. »

Les Romains, qui avaient commencé à faire transporter les
dépêches du gouvernement par des coureurs à pied, rem-
placèrent les coureurs à pied par des cavaliers au fur et à
mesure que l'état des routes le permit.

Messager sous Auguste.

Chez eux la poste n'était destinée qu'à transmettre les
ordres du gouvernement. Les particuliers avaient recours à
des messagers qu'ils recrutaient eux-mêmes. La plupart du
temps ils employaient des esclaves. Les lettres de Sénèque et
de Cicéron nous prouvent que les missives se perdaient
souvent en route ou mettaient des mois pour arriver à destination, à moins qu'elles ne fussent adressées à un simple
citoyen par un personnage tout-puissant. Ainsi nous savons

1. Belloc, p. xii. — Xénophon, *Cyropédie.*

que César, pendant qu'il était en Bretagne, écrivit deux lettres
à Cicéron alors à Rome. Ces lettres mirent l'une 28 jours,
l'autre 26 jours pour arriver à leur destination.

Auguste fut le véritable créateur des postes romaines.
Suétone nous apprend qu'il plaça sur les routes militaires, à
de courtes distances, d'abord des jeunes gens, qui remplissaient l'office de coureurs, puis des chevaux et bientôt, à
mesure que les routes furent pavées, des voitures chargées

La poste sous Auguste.

de transporter les dépêches officielles et, par exception, les
personnes que le prince autorisait à se servir de ces voitures.
Cette administration prit le nom de *cursus publicus*.

Sous les successeurs d'Auguste le *cursus publicus* fut désor-
ganisé, comme la plupart des institutions du grand empereur.
Vespasien eut l'honneur de mettre un peu d'ordre dans cette
administration. Il rétablit des relais partout où ils avaient
été supprimés et réalisa de très grandes économies dans ce
service. Suétone prétend qu'il poussa trop loin ces économies. « Un jour, dit-il, les facteurs qui d'Ostie et de

Pouzzoles allaient à pied à Rome, demandèrent à l'empereur de leur accorder une indemnité pour l'usure de leurs souliers. L'empereur, pour toute réponse, leur ordonna de faire le service pieds nus, et depuis cette époque ils marchent ainsi. »

Nerva, Trajan, Adrien, Antonin le Pieux, Marc-Aurèle et quelques autres empereurs apportent tous leurs soins à cette institution, qui finit par sombrer dans le grand bouleversement amené par l'invasion des Barbares, sous les coups desquels l'empire romain s'abîma tout entier

CHAPITRE II

L'empire romain avait jeté un trop grand jour sur le monde entier pour que ceux-là même qui l'avaient vaincu ne s'empressassent point de copier toutes ses institutions.

« Parmi celles que les Barbares conservèrent ou remirent en vigueur, la poste ne fut vraisemblablement pas l'une des dernières. L'empressement avec lequel les envahisseurs relevèrent à leur profit des lois césariennes, surtout en matière de finances et d'impôts, le soin qu'ils apportèrent à imiter ou à reproduire, dans la rédaction de leurs codes, les textes romains, nous portent à croire qu'ils n'eurent garde d'oublier, dans cette restauration gouvernementale, la partie de l'administration ayant pour objet l'échange rapide des communications entre les divers points des pays conquis. Chaque prince voulut avoir des Postes dès qu'il eut un État régulier. Théodoric le Grand les rétablit en Italie avec tout l'appareil de la société romaine ressuscitée. Les successeurs de Clovis en retrouvèrent les traces dans la Gaule et en reprirent les usages[1]. »

Sous Charlemagne des relais sont établis sur les prin-

---

1. *Histoire de la poste aux lettres*, par Arthur de Rothschild.

cipales routes de l'empire. Les *missi dominici*, grâce à ce service, peuvent accomplir leur mission et transmettre partout les ordres du souverain.

« Avec quelle rapidité cet empereur n'avait-il pas besoin de recevoir ses courriers, alors que, campé au milieu des saxons vaincus et frémissants, il lui fallait surveiller à la fois les Bretons en armes, les Pyrénées indociles, l'Aquitaine et la Provence conspirant avec la Bavière et les Avares du Danube, l'Italie agitée par les intrigues de Constantinople[1]! »

Mais, de même que les postes romaines avaient sombré avec la chute du grand empire, les postes de Charlemagne disparurent avec le grand monarque qui les avait instituées, et il faudra attendre l'arrivée de Louis XI sur le trône de France pour voir renaître la poste aux lettres.

Pendant les six siècles qui séparent Charlemagne de Louis XI il y eut bien en France une certaine organisation postale, mais elle fut due à l'Université.

De toutes les villes de province et même de l'étranger, des jeunes gens avides d'instruction arrivaient à Paris pour y suivre les leçons des maîtres célèbres de l'époque. Mais il ne suffisait pas de se rendre à Paris (ce qui à cette époque constituait déjà une difficulté), il fallait, une fois dans la capitale, pouvoir demeurer en relation avec sa famille, lui envoyer des nouvelles, en recevoir des subsides. L'Université comprit cette nécessité et elle établit un service de messagers destinés à transporter les étudiants, leurs bagages, leurs lettres et leur argent.

Peu à peu les Parisiens s'habituèrent à profiter des occasions hebdomadaires ou mensuelles que ces messagers leur

---

1. *Histoire de la poste aux lettres*, par Arthur de Rothschild.

offraient, de telle sorte que les messagers de l'Université ne tardèrent pas, grâce au privilège dont ils jouissaient, à réaliser des bénéfices considérables.

En 1461 Louis XI monte sur le trône de France. Ce roi rusé, vindicatif, défiant, qui avait pour maxime : « *Qui ne sait pas dissimuler ne sait pas régner* », ne pouvait confier aux messagers de l'Université les secrets de sa politique, et, comme il voulait « *savoir tout ce qui se passe chez lui* et le *savoir avant tout autre* », il se décida à organiser un service des postes uniquement affecté aux besoins de l'État, c'est-à-dire de la personne du roi.

Le 19 juin 1464 paraît le fameux édit de Doullens, qui est considéré comme la première loi postale française.

Louis XI déclare :

« Que sa volonté et plaisir est que, dès à présent et d'ores en avant, soient mises et établies espéciallement sur les grands chemins de son dict roïaulme, de quatre en quatre lieues, personnes séables et qui feront serment de bien et loiaument servir le roy, pour tenir et entretenir quatre ou cinq chevaux de légère taille, bien enharnachez et propres à courir le galop durant le chemin de leur traitte....

« Le roy veut qu'il y ait un office intitulé : Conseiller grand maître des coureurs de France....

« Les autres personnes qu'il établira de traitte en traitte seront appelées : maistres tenant les chevaux courants pour le service du roy....

« Auxquels maistres est deffendu de bailler aulcuns chevaux à qui que ce soyt et de quelque qualité qu'il puisse estre, sans le mandement du roy et du dict grand maistre, à peine de la vie.... D'autant que le dict seigneur ne veut et n'entend que la commodité du dict établissement ne soit pour aultre que son service.... »

En effet, pendant de longues années la poste ne fonctionne que pour le service des rois, qui tous cherchent à miner le monopole exercé par l'Université. Mais petit à petit l'institution s'élargit. On ne s'était tout d'abord préoccupé que du transport des ordres du roi : bientôt il faudra s'occuper d'organiser le transport des lettres des particuliers, et de transporter également les voyageurs et les marchandises.

Vers le milieu du seizième siècle apparaissent les coches publics pour le transport des voyageurs.

En 1594 Henri IV nomme un certain Pierre Thireul commissaire général et surintendant des coches publics du royaume.

Dans ce même siècle nous voyons encore naître la corporation des rouliers, qui ne peuvent transporter que des ballots pesant plus de cinq livres.

Henri IV, le 8 mai 1597, établit des « relais de chevaux de louage de traite en traite sur les grands chemins, traverses et le long des rivières, pour servir à voyager, porter malles et toutes sortes de bagages comme aussi pour servir au tirage des voitures par eau ».

Henri IV comprend que la poste ne doit pas se contenter de transporter les dépêches du roi, mais qu'elle doit encore servir à transporter les lettres des particuliers. En 1602 il autorise tous les citoyens à jouir des bienfaits de cette institution. C'était un progrès énorme, qui allait en produire un autre non moins considérable, je veux parler du rendement des postes.

Sous Richelieu, en effet, on se préoccupe sérieusement pour la première fois de cette question du rendement pécuniaire de la poste. « On commence à pressentir que de cette institution peut sortir une source féconde de revenus; que non seulement elle couvrira ses frais, mais qu'un jour elle pourrait bien enrichir ses maîtres[1]. »

Le 16 octobre 1627, d'Alméras, général des postes, ordonne à tout destinataire « de lettres et de paquets » de payer « sans contestation ni réplique » la somme indiquée par l'administration.

C'est l'origine de la taxe fixe; jusque-là la taxe avait un peu varié suivant le bon plaisir ou la générosité des destinataires.

Le 1er janvier 1778, les revenus des postes sont régis pour le compte du roi, et le bail est passé à raison d'un million huit cent mille livres.

En août 1787 la poste aux chevaux et la poste aux lettres sont réunies.

A la Révolution le monopole de la poste passe du roi à la République et devient une branche du service public. Mais l'État donne le transport à l'entreprise, moyennant le monopole des relais au profit des entrepreneurs et quelques autres avantages de moindre importance.

En 1793, aux plus mauvais jours de la tourmente révolutionnaire, les maîtres de poste obtiennent la restauration des lettres-privilèges.

En 1798 le législateur est encore plus formel, il décide que : « Nul autre que les maîtres de poste, munis d'une commission spéciale, ne pourra établir des relais particuliers, relayer ou conduire à titre de louage des voyageurs d'un relais à un autre, à peine d'être contraint de payer, par forme d'indemnité, le prix de la course au profit des maîtres de poste. »

La loi des 15-25 ventôse an XIII (1805) porte que tout

1. *Histoire de la poste aux lettres*, par Arthur de Rothschild.

entrepreneur de voitures publiques et de messageries qui ne se servira pas des chevaux de la poste sera tenu de payer, par poste et par cheval attelé à chacune de ses voitures, vingt-cinq centimes au maître des relais dont il n'emploiera pas les chevaux. — C'est l'âge d'or des maîtres de poste, dont quelques-uns, sous ce régime, réalisent des fortunes considérables. Mais bientôt les chemins de fer apparaissent, la malle-poste est obligée de céder la place à la locomotive. Les maîtres de poste, dont les relais sont successivement supprimés comme inutiles, ne peuvent se résoudre à se voir ruiner. Ils protestent et, s'appuyant sur la loi du 19 frimaire an XII, ils réclament le payement d'une indemnité, ou tout au moins le remboursement du prix auquel ils ont acheté leur charge; mais le gouvernement refuse de faire droit à leur demande, et le 23 janvier 1874 les maîtres de poste perdent définitivement leur procès devant le conseil d'État. A partir de ce jour la *poste aux chevaux* a cessé de vivre en France.

En Allemagne, dès le treizième siècle il existait des communications postales entre un grand nombre de villes et même entre l'Allemagne d'une part et l'Italie, l'Autriche, la Hollande et la Russie de l'autre.

Outre les messagers spéciaux qui accomplissaient des voyages, il y avait les bouviers, qui jouaient le rôle des facteurs de nos jours. La corporation des bateliers eut aussi pendant de nombreuses années le privilège du transport des lettres sur certains points déterminés; nous donnons une gravure représentant un messager de la corporation des bateliers du dix-septième siècle.

Vers le seizième siècle, François de Taxis fonda une poste qui reliait Dune à Bruxelles. Un autre Taxis fut nommé grand maître des postes en 1595. Peu à peu le service des postes en Allemagne devint, par la force de l'habitude, un monopole de la famille des La Tour et Taxis. De vieilles gravures nous donnent une idée de ce qu'étaient dans ces temps reculés les facteurs de la poste.

Un jeu de cartes qui a été fabriqué au quinzième siècle

Messagers de la corporation des bateliers en Allemagne au dix-septième siècle.

pour la cour de Vienne nous montre un messager de cette époque. Il porte le poignard au flanc et sur la poitrine l'aigle impériale. Il va à pied, c'est le messager des villes.

Une gravure d'Albrecht Dürer représente un courrier du seizième siècle. Celui-ci est à cheval. Armé du fouet et d'une longue épée, il parcourt au grand galop les routes de l'empire. On n'aperçoit ni sur son corps ni sur sa monture le moindre

petit sac. Les dépêches sont donc peu nombreuses, et probablement ce sont celles de l'empereur.

Une troisième gravure nous fait faire connaissance avec
la voiture qui assurait le service de la poste et des voyageurs
entre Magdebourg et Leipzig vers la fin du dix-septième

Messager du quinzième siècle.

siècle. La voiture est confortable. L'allure des chevaux
paraît très rapide. En effet, dès cette époque, dans toute
l'Allemagne, le service des postes est surveillé avec un soin
jaloux par les empereurs, qui multiplient les relais et aug-
mentent partout le nombre de leurs chevaux.

Dans l'ouvrage de Chodowiecki (le *Voyage de Berlin à*

Voiture faisant le service de la poste et des voyageurs entre Magdebourg et Leipzig vers la fin du dix-septième siècle.

Dantzig en 1775) nous trouvons un dessin représentant l'écurie de la poste aux chevaux de Dunœmerse, en Prusse. C'est un relais de petit village, et cependant dans l'écurie il y a place pour plusieurs chevaux, dont un, tout harnaché, est prêt à partir au premier signal.

Enfin une vieille gravure de Menzel nous montre le courrier

Courrier du seizième siècle.

militaire, dont l'institution remonte à Frédéric le Grand.

Aujourd'hui en Allemagne, comme partout ailleurs en Europe, la poste aux chevaux est morte. Le conducteur de diligence n'est plus qu'un souvenir, le postillon a disparu, et sur les grandes routes on n'entend plus la fanfare du cor avec lequel le postillon, comme le dit une vieille chanson allemande, savait tour à tour envoyer un bonjour à sa fiancée en passant sous ses fenêtres ou saluer d'un chant triste et martial la mémoire d'un camarade mort victime de son devoir au détour d'une route escarpée.

La malle-poste a été remplacée par le wagon, les chevaux par la locomotive, le conducteur par le chef de train, et le postillon par le mécanicien.

CHAPITRE III

LE CONDUCTEUR DE DILIGENCE. — LE POSTILLON. — LE COCHE

Le vieux conducteur de diligence était un type à part; c'était un personnage qui ne manquait ni d'importance ni d'intérêt. Pour faire connaissance avec lui, nous sommes obligés de consulter nos vieux parents, car, si nous comparions le conducteur de la malle-poste d'autrefois au conducteur d'omnibus d'aujourd'hui, nous commettrions une grande erreur, et nous risquerions de faire tressaillir d'indignation dans leurs tombes tous les anciens conducteurs de diligence ou de malle-poste, qu'une pareille comparaison blesserait profondément.

« Parcourir, à l'aide d'une mauvaise carriole, un chemin de quelques heures à peine; regarder sans fatigue la vapeur dérouler ses mille anneaux de fumée; compter, le jour entier, les pavés boueux de notre Lutèce : est-ce la fonction d'un véritable conducteur? Comme lui, une fois assis sur votre siège, avez-vous à votre tour des voyageurs à commander, des relayeurs à menacer, des postillons à punir? Grand roi sur votre voiture, pouvez-vous, comme lui, vous exclamer : « *L'administration, c'est moi!* » Celui que vous parodiez se repose-t-il, chaque soir, dans un lit bien chaud? trouvet-il à l'heure dite son repas qui l'attend? n'a-t-il à redouter

comme vous ni le soleil brûlant des Landes, ni les glaces du
Jura? Non, sans doute. Privations de tout genre, dangers de
toute espèce, accidents de toute nature, voilà sa vie de toutes
les heures, de tous les instants[1]. »

Le conducteur de diligence, comme le capitaine de navire,
est « maître à son bord après Dieu ». Le pouvoir dont il est
investi, il l'exerce personnellement pendant tout le temps du
voyage. Jamais il n'est suppléé dans ses fonctions; personne
ne fait le quart pour lui. Il est responsable des voyageurs,
des marchandises, des chevaux, de la voiture elle-même.
Cette voiture, avant le départ, il l'inspecte avec le plus grand
soin, il visite tout le charronnage depuis l'arrière-train jusqu'à
la volée d'attelage, il vérifie le moindre écrou; puis, quand il
a constaté que rien ne manque et que tout est en bon état, il
préside au chargement des marchandises, des lettres et des
valeurs. Ensuite il reçoit les voyageurs, pour lesquels il doit
être plein de bienveillance, sans pour cela manquer de fermeté.

Tout est prêt, la bâche est bouclée, les portes sont fermées; le postillon tient en main les rênes de ses chevaux,
les derniers adieux sont adressés aux voyageurs par les parents qui les ont accompagnés jusqu'à la voiture, l'heure
du départ sonne à l'horloge de la place publique : alors le
conducteur, correctement vêtu de son costume d'ordonnance,
la casquette légèrement inclinée sur l'oreille et la gourde
au flanc, escalade agilement les quatre marches qui conduisent à l'impériale, salue militairement la société et, embou-
chant sa trompette, sonne la fanfare du départ. Aussitôt les
chevaux enlèvent la voiture, qui, emportée au galop, disparaît bientôt dans le lointain.

---

1. *Les Français peints par eux-mêmes.* Le conducteur de diligence.

Le conducteur et le postillon

C'est le voyage qui commence, un long voyage pour le conducteur, qui, lui, ne quittera sa voiture que lorsqu'elle sera
arrivée au terme de sa course. Pendant ce trajet, qui, dans certains cas, peut durer quarante-huit heures, le conducteur doit
veiller sur tout et sur tous et ne point hésiter, à l'exemple du
père François, à exposer sa vie pour sauver celle des voyageurs.
L'histoire du père François est une histoire classique, et tous
ceux qui voyageaient à l'impériale, à côté du conducteur,
étaient condamnés à la lui entendre raconter à chaque voyage.

« C'était un soir du mois de juillet, le soleil avait précipité
ses derniers rayons de feu, et un ciel pur annonçait une de
ces belles nuits si désirables à cette époque de l'année pour
le repos des voyageurs.

« Soudain l'air fraîchit ; un point qui paraît à l'horizon
grandit, s'approche. A de longues gouttes succèdent des
torrents de pluie, sous lesquels la route disparaît, labourée
en tout sens. La faible lumière de la lanterne s'est éteinte au
premier souffle de l'ouragan ; l'obscurité serait complète si
de fréquents éclairs ne permettaient encore de se conduire.

« Le père François calme l'effroi des voyageurs, soutient
l'énergie du postillon, dont il suit tous les mouvements. Seul
il semble lutter contre les éléments réunis. Mais bientôt la
tempête redouble de fureur ; effrayés des éclats répétés du
tonnerre, excités par les cris de terreur qui partent de la
voiture, les chevaux n'obéissent plus à la main mal assurée
qui les guide : ils se jettent dans le débord ;... une seconde
encore, et la diligence va disparaître, entraînée dans le
ravin. Déjà elle se balance au bord de l'abîme. La stupeur a
rendu les bouches muettes, silence solennel qu'interrompt
une chute pesante, répétée par la montagne avec fracas.... Les
voyageurs sont sauvés... grâce au sang-froid et à l'intrépidité
du père François, dont l'œil exercé avait à l'avance mesuré le

danger. Sauter à terre au moment le plus périlleux, couper les traits d'une main ferme et adroite, avait été pour lui l'affaire d'un instant, et les chevaux seuls roulaient dans le précipice....

« L'orage une fois calmé, les voyageurs gagnent à pied le bourg voisin et y réclament les secours nécessaires. Quant au père François, une seule pensée le préoccupe : son regard inquiet interroge toutes les parties de sa voiture, et, lorsque cette visite lui a appris qu'elle n'a rien souffert, lorsqu'un nouveau relais l'a mis à même de continuer sa route, il rejoint sa petite caravane, — on l'entoure, on le félicite ; alors seulement on s'aperçoit qu'un mouchoir plein de sang soutient son bras. Il a été blessé ; les éloges redoublent, on lui offre des soins pour le présent, de l'argent pour l'avenir. Insensible à tout sauf aux attraits d'un verre de cognac : « C'est le métier, dit-il ; j'ai vu mieux que ça. En voiture, « messieurs ! »

Hélas ! les conducteurs n'ont pas toujours eu le sang-froid du père François, et ceux qui aujourd'hui, à chaque accident de chemin de fer, ne manquent pas de s'écrier : « *du temps des diligences cela n'arrivait pas* » oublient que plus d'une fois la diligence a roulé dans le ravin.

Le postillon jouait, dans les anciennes diligences, un rôle beaucoup plus modeste. Placé sous les ordres directs du conducteur, il était chargé, sous son autorité, de la conduite des chevaux. C'était un cocher, mais un cocher habile, doublé d'un excellent cavalier, car le postillon tantôt conduisait sa voiture en cocher, c'est-à-dire en s'asseyant sur le siège, et tantôt il la conduisait en postillon, c'est-à-dire en montant un des chevaux de sa voiture. Il y avait des attelages à deux, à quatre, à cinq, à six et jusqu'à neuf chevaux.

Le postillon en course devait toujours être revêtu de son

Un accident.

uniforme : veste de drap bleu de roi ; collet, revers, pare-
ments et retroussis de drap rouge ; boutons de métal blanc ;
chapeau rond à haute forme en cuir verni ; culotte de peau
jaune ; bottes fortes ou demi-bottes[1]. L'instruction ministé-
rielle qui règle ce costume entre dans les moindres détails ;
on dirait, à la lire, qu'il s'agit de déterminer le costume officiel d'un grand fonctionnaire de l'État. Cette instruction fixe
jusqu'au nombre et à la couleur des boutons de culotte, qui
devront être en os noir et percés de quatre trous !! Aussi le
postillon était-il fier de son costume, et, quand, au moment
du départ, il faisait claquer son fouet, il ne manquait pas de
jeter un coup d'œil sur l'assistance pour voir l'effet qu'il produisait.

Les clic-clac de ce fouet constituaient une véritable langue,
que tous les postillons comprenaient.

Lorsque le postillon conduisait une voiture particulière, il
se servait de son fouet pour annoncer au relais suivant la générosité ou l'avarice du voyageur. Un triple appel de fouet in-
diquait clairement que le voyageur payait les guides (pourboires)
à la milord, — c'est-à-dire au maximum. Dans ce cas, les
chevaux de relais étaient lestement garnis à l'avance sur la
route. Le relayage s'opérait en un clin d'œil. Une salve moins
prononcée signifiait que les guides étaient payés à l'ordinaire. Enfin un simple petit coup voulait dire qu'on avait
affaire à un voyageur qui ne payait que suivant le tarif
ordinaire. Pour celui-là aucune prévenance, aucune amabi-
lité, aucune attention.

On raconte qu'un étudiant fit un jour le pari d'aller en
poste de Paris à Bordeaux dans le laps le plus court et en ne

---

1. Instruction sur le service des postes, approuvée par le ministre des finances
le 29 mars 1832.

payant les guides que suivant le tarif. Il s'enveloppa dans une robe de chambre, recouvrit ses jambes d'une couverture et sa tête d'un bonnet. Bref il s'affubla de manière à avoir l'air très souffrant. Au moment du départ, il paya ses guides suivant le tarif et recommanda qu'on le conduisît lentement et de façon à éviter le moindre choc. Le postillon, furieux de son avarice, le conduisit au triple galop, le secouant de son mieux en faisant retentir son fouet tout le long de la route pour l'empêcher de dormir. Dès qu'au premier relais on entend au loin les clic-clac répétés du fouet, tout le monde est sur pied. On est persuadé qu'on a affaire à un riche voyageur qui paye à la milord; vite on prépare deux chevaux, et, lorsque la berline arrive, en moins d'une minute le relayage est fait et la voiture repart. Le nouveau postillon, persuadé qu'il sera récompensé, pousse ses chevaux et fait retentir son fouet, ignorant qu'au relais suivant il ne recevrait que la rétribution réglementaire. Chaque relais étant ainsi trompé par ces coups de fouet retentissants, notre étudiant arriva à Bordeaux aussi rapidement qu'un courrier de cabinet et gagna son pari.

Aujourd'hui il n'est pas nécessaire d'user de pareils stratagèmes pour parcourir le plus rapidement possible une grande distance, et le voyageur de troisième classe, grâce au chemin de fer, va de Paris à Marseille plus rapidement, plus économiquement et plus commodément que ne le pouvait faire du temps des malles-poste le voyageur le plus opulent payant les guides à la milord!

Et cependant il se trouve encore des écrivains éminents qui paraissent presque regretter l'ancien mode de locomotion.

« La chaise de poste! dit M. Ed. Thierry, le rêve de nos vingt ans! La voiture où l'on n'est que deux, celle que regar-

La malle-poste.

daient passer avec un soupir le marchand derrière les glaces
de son magasin, l'avocat portant ses paperasses sous son bras
et nos chicanes dans sa tête, le comédien las de son rôle, le
journaliste las du feuilleton qu'il vient de finir. La chaise
de poste! la voiture où l'on bouclait et débouclait ses malles
à volonté; la voiture que l'on avait à soi. Une fois le marchepied relevé, la portière close, le pavé écrasé à grand bruit
sous les fers des chevaux qui semblaient s'abattre, vous étiez
à vous, vous n'apparteniez à personne, vous étiez le mortel
heureux qui s'appelait le voyageur (on dit aujourd'hui les
voyageurs dans les omnibus!) et qui ne ressemblait plus au
commun de l'espèce. Vous aviez devant vous le chemin libre,
la plaine, la pente rapide avec le pont dans le bas et de
l'autre côté la montagne. Vous aviez la montée dure où
soufflaient les chevaux à petits pas et où vous marchiez à
côté d'eux en regardant le paysage. Vous traversiez les villes
et les hameaux, par le milieu, par la grand'rue, par la
grand'place. Vous tourniez le long de l'église; les enfants
couraient après la voiture et, aussitôt qu'elle était arrêtée,
toutes les mères des alentours, avec leurs nourrissons sur
les bras, venaient par passe-temps voir dételer les chevaux. Tout cela vivait, tout cela sentait son goût de terroir.
Il y avait longtemps qu'on ne respirait plus l'air de Paris. La
nuit venue, les lanternes s'allumaient, deux grosses lanternes,
superbes, à plein cristal et qui rayonnaient au loin comme
des phares. Peu à peu on n'entendait plus que le galop
régulier des chevaux, les grelots nettement secoués à leur
cou, le souffle d'un naseau frémissant et le fouet du postillon
sonnant sa fanfare! »

Ah! cher maître, monsieur Ed. Thierry, est-ce bien la chaise
de poste que vous chantez dans un si beau langage, ou bien
ne serait-ce pas le souvenir de vos vingt ans? Vous avez

beau mettre une poésie exquise dans toute votre description,
vous vous trahissez vous-même. Vous parlez de la *voiture où
l'on n'est que deux*, de la *voiture qu'on a à soi*. C'est un voyage
de noce que vous nous dépeignez, un de ces voyages dans
lesquels on est tellement au bonheur que l'on trouve tout
beau et que l'on admire jusqu'à la *montée dure où soufflent les
chevaux à petits pas*.

Cette malle-poste-là existe toujours, et les jeunes mariés
peuvent encore, dans une voiture où l'on n'est que deux,
faire le voyage de la Corniche en se rendant de Nice à Gênes.
Ce sera le cas ou jamais, pendant la « montée dure où soufflent
les chevaux », de regarder, de contempler, d'admirer le spe -
tacle idéal que la nature vous offre sur ces côtes d'Italie qui,
plus vous avancez, plus elles vous attirent, vous charment et
vous retiennent.

Malheureusement, avant les chemins de fer, tout le monde
ne pouvait pas prendre cette voiture idéale dont parle M. Ed.
Thierry, et M. de Foville nous décrit à son tour ce qu'était « *le
coche* sous Louis XV.

« La coche qui allait de Paris à Lyon se composait d'une
caisse de sept pieds de long sur cinq de large, éclairée sur
chaque face par trois espèces de meurtrières, et suspendue,
à l'aide de soupentes, sur un train qui portait, à l'avant le
cocher, à l'arrière les bagages.

« Douze personnes s'entassaient, bon gré mal gré, dans
cette boîte, et fouette cocher! Cinq jours en été, six jours en
hiver suffisaient désormais, grâce aux travaux de Colbert,
pour arriver de Paris à Lyon (125 lieues); cela faisait, dans la
belle saison, 25 lieues par jour, et l'on trouvait cela si beau
que le nom flatteur de « diligence » fut précisément inventé
pour cette voiture merveilleuse. Le trajet de Paris à Rouen
(32 lieues) se faisait en trente-six heures. Pour aller de Paris

à Strasbourg (117 lieues), on mettait trois jours de plus que pour traverser aujourd'hui l'océan Atlantique.

« Voici le détail de ce laborieux voyage. Le carrosse de Strasbourg partait de la rue Jean-Robert le samedi à six heures du matin : on allait dîner vers midi à Villeparisis et coucher à Meaux. Le dimanche, dîner à la Ferté-sous-Jouarre et coucher à Château-Thierry. Le lundi, dîner à Dormans et coucher à Épernay. Le mardi, dîner à Jalons et coucher à Châlons. Le mercredi, dîner à Pagny et coucher à Vitry-le-François. Le jeudi, dîner à Saint-Dizier et coucher à Bar-le-Duc. Le vendredi, dîner à Saint-Aubin et coucher à Void. Le samedi, dîner à Toul et coucher à Nancy. Le second dimanche, dîner à Lunéville et coucher à Herbéviller. Le lundi, dîner à Héming et coucher à Sarrebourg. Le mardi, dîner à Saverne et coucher à Wiwersheim. On aurait pu arriver à Strasbourg le mardi soir; mais la fermeture des portes ne permettait d'entrer dans la ville que le mercredi matin. »

Je ne sais si mes lecteurs sont de mon avis, mais il me semble que, si je devais accomplir un voyage de cette nature après onze jours passés en coche, j'aurais de la peine à admirer « le *chemin libre devant moi*, la *plaine*, la *pente rapide avec le pont dans le bas et de l'autre côté la montagne* ».

Et encore M. de Foville ne nous parle que de la longueur du trajet. Mais écoutons un homme[1] qui, lui, en 1773, a fait ce voyage de Strasbourg à Paris avec le *coche ordinaire*, partant une fois par semaine, le vendredi, pour Paris. « Bien que ce coche soit pourvu d'une caisse suspendue à des chaînes comme d'autres véhicules, qu'il soit rembourré à l'intérieur, et réellement bien meilleur que la voiture de la poste allemande, il n'en est pas moins un misérable véhicule. Il est

---

1. Grimm, écrivain allemand.

de forme ovale, surmonté par devant et par derrière d'un grand réceptacle en osier tressé, de manière qu'on ne peut apercevoir la caisse que par les côtés. Tout cela n'aurait pas cependant grande importance pour le voyageur; mais, comme le coche est bon marché, toute espèce de gens s'y entassent. On s'y rencontre avec des individus dont, ailleurs, on ne supporterait pas la compagnie pendant un quart d'heure seulement, à plus forte raison pendant des journées entières. Gens de bon ton, mendiants, moines, artistes, femmes de chambre, domestiques, tout prend place dans cette arche de Noé. Comme celle-ci peut contenir huit à dix personnes, assises dans une ellipse, et qu'en raison de la quantité des bagages elle est très lourde, il faut souvent l'atteler de huit chevaux, qui ne peuvent néanmoins faire plus de six lieues par jour. On reste donc onze jours pour aller à Paris. »

On semble voir le coche dont parle La Fontaine :

> Dans un chemin montant, sablonneux, malaisé,
> Et de tous les côtés au soleil exposé,
>   Six forts chevaux tiraient un coche.
> Femmes, moine, vieillards, tout était descendu :
> L'attelage suait, soufflait, était rendu.

Avouez qu'un voyage dans une voiture de ce genre n'a rien de bien tentant, quand bien même la voiture *traverserait les villes et les hameaux par le milieu, par la grand'rue, par la grand'place.*

CHAPITRE IV

LUTTE ENTRE LA POSTE AUX CHEVAUX ET LES CHEMINS DE FER

Il ne s'agit plus de défendre les chemins de fer contre la poste aux chevaux. Aujourd'hui tout le monde est unanime à reconnaître l'immense service que les chemins de fer rendent à toutes les branches de l'industrie et du commerce.

Ces services sont si considérables et si universellement appréciés que nous voyons en France, dans tous les départements, les conseils généraux imposer aux contribuables de lourdes charges pour créer des lignes secondaires destinées à faire affluer le trafic vers les grands réseaux qui sillonnent le pays en tous sens.

Celui qui aujourd'hui médirait des chemins de fer serait considéré comme un ignorant ou comme un original.

Mais il n'en a pas toujours été ainsi et, aux débuts de cette grande industrie, ceux qui ont prétendu substituer la locomotive aux chevaux ont été en butte aux attaques les plus passionnées.

Tout d'abord ils ont rencontré devant eux des hommes fort considérables qui n'ont pas craint de soutenir que la traction par la vapeur était une chimère. — Les roues, disait-on, patineront sur place; jamais une locomotive ne pourra traîner derrière elle un certain nombre de voitures. — Aujourd'hui cette objection nous fait sourire. Il y a en effet, en France, peu d'habitants qui ne soient habitués à voir à tout instant passer sous leurs yeux la puissante locomotive d'une grande compagnie, entraînant après elle à toute vitesse vingt et trente wagons dont chacun contient plus de marchandises que n'auraient pu en emporter trois voitures des Messageries à l'époque où ces voitures accomplissaient le service le plus perfectionné.

Si les promoteurs des chemins de fer n'avaient eu à lutter que contre les incrédules, leur tâche n'aurait pas été si ardue, car, à ceux qui prétendaient que jamais une locomotive n'aurait pu entraîner avec elle un certain nombre de wagons, l'expérience de tous les jours s'est chargée de donner un démenti éclatant.

Mais à côté des incrédules il y avait les intéressés, c'est-à-dire tous ceux qui, à tort sans doute, mais de bonne foi cependant, s'imaginaient que les chemins de fer allaient les ruiner.

Aussi, quand il ne fut plus possible de mettre en doute l'invention même des chemins de fer, on en critiqua les conséquences, et ce merveilleux instrument de civilisation et de richesse, ce chemin de fer grâce auquel désormais les famines sont impossibles, cet admirable instrument qui, en facilitant l'échange des produits et des idées, a permis aux nations de mieux se connaître et de s'apprécier, a été considéré comme une cause de ruine et de misère.

En 1825 on inaugure, en Angleterre, *la route de fer* de Darlington à Stockton. Une foule considérable accourue de toutes les villes voisines était massée le long du parcours. Partout, au moment où le train passe, des cris de joie se font entendre. On acclame la locomotive comme les anciens acclamaient le général vainqueur traînant derrière son

char de triomphe les vaincus qu'il emmenait en esclavage.
C'est l'enthousiasme de la foule, enthousiasme sincère, spon-
tané, réel.

Mais bientôt des notes discordantes viennent détruire
l'harmonie de ce concert, et une brochure qui a pour objet
d'expliquer les avantages de la nouvelle invention laisse
percer la crainte que tôt ou tard les machines ne viennent
ruiner le peuple, dont elles ont au contraire pour but et pour

La diligence moderne.

effet de diminuer le labeur et d'augmenter le bien-être.

« Puisse cette nouvelle conquête de l'esprit humain dans
l'emploi d'un moteur devenu si puissant par l'action du feu,
demeurer contenue dans de justes bornes, ne pas s'étendre
indéfiniment à toutes les branches de l'industrie et ne pas
nuire à la population de certains États qui s'accroît dans une
proportion si forte. »

Ainsi voilà une invention qui multiplie à l'infini les relations commerciales, qui augmente la dose du bien-être humain; au lieu de pousser des cris de joie, l'écrivain anglais

n'exprime qu'un vœu, c'est que cette découverte merveilleuse ne fasse pas trop de progrès!

Ces paroles sacrilèges, bien d'autres, à cette époque, ne se
gênaient pas pour les prononcer. Ce sont surtout les maîtres
de poste, qui, en France aussi bien qu'en Angleterre, voyant
partout les transports par chevaux, battus en brèche par les
chemins de fer, se demandent avec inquiétude ce que va
devenir leur industrie et font entendre des plaintes amères.

« Les chemins de fer, disent-ils, mais c'est l'abomination
de la désolation; que deviendront les diligences et les chevaux? on ne saura plus qu'en faire. Et les conducteurs, les
postillons, les palefreniers? ils mourront de faim. » Et dans
une gravure de l'époque on montrait des chevaux de poste
agenouillés aux coins des rues de Londres, demandant l'aumône, tandis que le postillon jouait de la clarinette comme
un pauvre aveugle.

Ces craintes et ces plaintes se produisent toutes les fois que
l'invention d'une machine nouvelle vient temporairement
jeter un certain trouble parmi les ouvriers dont la machine
fera désormais la besogne. L'ouvrier évincé se plaint, et cela
est fort naturel, mais il se trompe lorsqu'il s'imagine que,
par suite de cette invention nouvelle, désormais il ne pourra
plus gagner son pain.

La machine, loin de diminuer la somme de travail dont
l'ouvrier a besoin pour gagner sa vie, l'augmente, mais elle
l'augmente en modifiant ce travail, en le rendant plus humain; sans doute l'ouvrier sera obligé de se transformer, peut-
être même devra-t-il se livrer à un nouvel apprentissage,
mais, en accomplissant cette transformation que la machine
rend nécessaire, il s'élèvera; de bête de somme, d'homme de
peine qu'il était, il deviendra conducteur de machine, c'est-
à-dire qu'il fera un travail qui exigera un moins grand

Les chevaux qui demandent l'aumône.

(D'après une gravure de la collection de M. E. Boysse.)

développement de force musculaire et un plus grand déploiement d'instruction et d'intelligence.

Voyez ce qui s'est passé pour la poste aux chevaux. Est-ce que les chemins de fer ont supprimé les diligences? Non certes; au contraire ils en ont augmenté le nombre en en modifiant la destination. Jadis quelques rares diligences, fort incommodes, ne desservaient que les grandes villes. Aujourd'hui les diligences, qui ont changé de nom et qui, en s'appelant *tramways* ou *omnibus*, sont devenues plus confortables, desservent les moindres villages ou font le service de l'intérieur des villes. Certainement il y a aujourd'hui plus de voitures à chevaux dans la France entière qu'il n'y en avait avant les chemins de fer.

La seule compagnie des omnibus de Paris possède pour son service 850 voitures et 12 976 chevaux. En 1885 elle a transporté 180 095 727 personnes!

Le Petit Journal, pour son exploitation, emploie tous les jours 50 voitures attelées et 40 voitures à bras.

Sans doute les chemins de fer ont ruiné quelques maîtres de poste en leur enlevant le privilège, parfois fort lucratif, dont ils jouissaient; mais les chemins de fer n'ont pas ruiné l'industrie des transports par chevaux, et les craintes que trahissait la gravure dont nous parlons plus haut ne se sont pas réalisées. Les chevaux n'en sont pas réduits à tendre la patte au coin des rues de Paris, et les maîtres de poste ont d'autres ressources que celle qui consiste à jouer de la clarinette pour apitoyer les passants sur leur triste sort. Les maîtres de poste intelligents, au lieu de crier contre l'introduction des chemins de fer en France, ont tout simplement modifié leur industrie. Jadis ils transportaient des lettres et des voyageurs d'un bout à l'autre de la France : maintenant ils transportent les lettres du bureau de poste à la gare et les voyageurs d'une rue à l'autre, dans l'intérieur d'une même ville. Quelques-uns d'entre eux se sont faits entre- preneurs de déménagements et ont créé une industrie nou- velle qui rend aujourd'hui de très grands services. Enfin la puissante compagnie des Messageries nationales a donné le plus bel exemple de la conduite que des hommes intelligents doivent tenir lorsque l'introduction d'une machine nouvelle vient bouleverser leur industrie et rendre impossible la concurrence entre l'outillage ancien et l'outillage nouveau. La compagnie des Messageries nationales avait perfectionné, autant qu'il était possible, le transport des voyageurs par voi- tures. Ses diligences faisaient un service régulier et rapide. Lorsque les chemins de fer ont commencé à fonctionner, les messageries se sont servies des chemins de fer pour améliorer encore leur service. Comme les voies ferrées présentaient de nombreuses discontinuités, les voyageurs qui prenaient la diligence étaient traînés par des chevaux sur les routes où il n'existait aucune locomotion à vapeur. Dès que la dili- gence arrivait dans une gare, on séparait la voiture des essieux, et la voiture, ainsi privée de ses roues, était hissée sur un wagon, qui l'emportait.

Mais petit à petit les chemins de fer se multiplièrent, les discontinuités de route furent supprimées, et la voie ferrée alla directement d'une grande ville à une autre. La diligence avait fini son temps. Elle devait se transformer. Que firent les directeurs des Messageries nationales? Com- prenant que le monopole des grands transports sur terre désormais leur échapperait, ils se retournèrent vers la mer et créèrent les messageries nationales maritimes à l'aide de ces magnifiques paquebots à vapeur qui, aujourd'hui, sillon- nent toutes les mers du globe et répandent au loin le nom et le génie de la France.

Les chemins de fer ont permis de donner aux communications postales une rapidité qui eût émerveillé nos pères dans leur jeunesse, et que nous augmentons tous les jours par l'adoption de systèmes ingénieux dont je parlerai plus loin, et notamment par la création des bureaux ambulants et par l'installation des machines permettant aux trains d'échanger leurs dépêches en route sans s'arrêter.

Et cependant nous trouvons souvent que la poste ne marche

Diligence hissée sur un wagon.

pas assez vite au gré de nos désirs. Nous oublions ce qu'était jadis le service des postes.

Sous Louis XIV les personnages les plus importants, pour expédier leurs lettres, étaient obligés d'attendre un courrier, qui souvent ne partait qu'une fois par semaine.

Dans Mme de Sévigné nous trouvons à chaque pas un mot qui indique le chagrin qu'elle éprouvait de ne pouvoir communiquer plus souvent avec sa fille, qu'elle chérissait.

« Si l'on pouvait écrire tous les jours, dit-elle, je le trouverais fort bon, et souvent je trouve le moyen de le faire, quoique mes lettres ne partent pas[1]. »

1. Mme de Sévigné : *Lettre* à Mme de Grignan, du 28 août 1675.

Et ailleurs :

« Il est dimanche, 26 avril, cette lettre ne partira que mercredi », et cette lettre était pressée, car elle apportait à Mme de Grignan le récit de la mort de Vatel, du pauvre Vatel, qui s'était passé l'épée au travers du corps parce qu'au dîner du roi la marée était en retard[1].

Le 24 mai 1671, le comte de Bussy écrit à Mme de Sévigné :

« Je vous écrirai de Bretagne, mais, quelque soin que nous prenions de nous entretenir, à peine pourrons-nous, en cinq mois, moi vous écrire une fois et vous me faire réponse. »

Napoléon Ier, en employant ses estafettes, qui brûlaient littéralement le pavé, était obligé d'attendre quinze jours la réponse d'une lettre écrite de Paris à Naples. Et à cette époque ce délai de quinze jours paraissait fort court. L'empereur seul pouvait avoir à sa disposition un service aussi rapide.

M. de la Valette, qui fut directeur des postes sous Napoléon Ier, raconte que pendant longtemps les dépêches importantes du gouvernement furent transportées par des postillons à cheval qui parcouraient de très grandes distances sans s'arrêter.

« L'Empereur, dit-il, avait senti l'inconvénient de faire franchir à un seul homme d'énormes distances. Il arriva plusieurs fois que des courriers, excédés de fatigue ou mal servis, n'arrivaient pas au gré de son impatience. Il ne lui convenait pas non plus de mettre entre les mains d'un seul homme des nouvelles dont la prompte réception pouvait avoir une influence grave et quelquefois décisive sur les événements les plus importants.

« J'organisai donc, par son ordre, le service d'estafettes

---

1. Mme de Sévigné : *Lettre* à Mme de Grignan, du 26 avril 1671.

qui consistait à faire passer par des postillons de chaque
station les dépêches de cabinet enveloppées dans un portefeuille dont nous avions, lui et moi, chacun une clef.

. . . .

« J'eus beaucoup de peine à obtenir l'exécution de ces
formalités (les formalités qu'il avait prescrites pour assurer le
service), mais avec une surveillance active et constante j'en
vins à bout, et ce service s'est fait, pendant onze ans, avec
un succès complet et des résultats prodigieux.

« Je pouvais me rendre compte d'un jour de retard dans
l'espace de 400 lieues. L'estafette partait et arrivait tous les
jours de Paris et aux points les plus éloignés : Naples, Milan,
les Bouches du Cattaro, Madrid, Lisbonne, et par suite Tilsit,
Vienne, Presbourg et Amsterdam.

. . . .

« L'Empereur recevait, le huitième jour, les réponses écrites
aux lettres à Milan et le quinzième à Naples. »

Sous Charles X, en 1830, le comte de Chabrol, ministre des
finances, dans un rapport adressé au roi sur l'administration
des finances, vante la rapidité avec laquelle se fait le service
de la poste : « Un trajet de 100 lieues, dit-il, qui ne pouvait
autrefois être parcouru que dans le délai de 60 heures, se
franchit aujourd'hui en moins de 40....

« La facilité et la fréquence des communications établies
entre tous les points du royaume sont un sujet d'éloges de la
part des habitants et des étrangers....

« 86 heures suffisaient à peine pour courir les 77 postes qui
nous séparent de Bordeaux : 45 heures nous y conduisent
aujourd'hui ; il fallait 87 heures pour arriver à Brest : on s'y
rend maintenant en 62 heures ; la route de Lyon exigeait
68 heures : elle n'en demande plus que 47 ; Toulouse était à
110 heures de Paris ; il n'en est plus qu'à 72 heures. »

Aujourd'hui la poste marche quatre fois plus vite que sous Charles X, et il est permis de penser que le dernier mot n'a pas été dit en fait de rapidité.

Les hommes, ainsi que nous l'avons rappelé au début de ce livre, ont commencé à échanger leurs communications à l'aide du son, puis ils ont eu recours à des signaux. Après les signaux sont venus les coureurs, qui, bientôt, ont été remplacés par les cavaliers, puis par les voitures, enfin par les chemins de fer. Il n'est pas téméraire de prévoir que dans un avenir prochain les lettres seront transportées par les tubes pneumatiques, dont la vitesse de translation est triple de celle des chemins de fer les plus rapides[1]. En établissant des tubes pneumatiques entre les villes les plus importantes et en évitant les détours que font les chemins de fer, on arrivera, un jour, à transporter nos lettres quatre fois plus rapidement qu'on ne les transporte aujourd'hui.

---

1. Voir l'intéressant ouvrage de M. Ternant, *les Télégraphes*.

CHAPITRE V

L'HOTEL DES POSTES DE PARIS

En attendant que cet immense progrès soit réalisé, voyons comment fonctionne à cette heure le service de la poste en France.

Comme toutes les correspondances mises dans les boîtes aux lettres de Paris pour la province ou envoyées de la province à Paris passent par l'hôtel de la rue Jean-Jacques Rousseau, il est nécessaire de dire tout d'abord quelques mots au sujet de ce magnifique monument, un des plus beaux en son genre qui existent au monde.

Le premier Hôtel des Postes dont il soit fait mention dans l'histoire de Paris était situé près des Halles. Transporté successivement rue des Poulies et rue des Bourdonnais, il fut installé en 1757 rue Jean-Jacques Rousseau.

L'ancien hôtel de la rue Jean-Jacques Rousseau se composait d'une série de maisons dont aucune n'avait été construite en vue de cette destination. Aussi ne tarda-t-il pas à devenir insuffisant. Déjà en 1763, et plus tard en 1811, l'abandon de ce local avait été décidé ; mais, chaque fois, la même difficulté, le manque d'argent, empêcha le gouvernement de mettre son projet à exécution.

En 1847 le ministre des finances, duquel à cette époque

relevait le service des postes, déclarait que la situation était
devenue intolérable, et cependant cette situation dura
longtemps encore, car ce n'est qu'en 1879 que la reconstruction de l'Hôtel des Postes fut décidée. Un certain
nombre de journaux proposaient d'installer le nouvel Hôtel
des Postes au quai d'Orsay, sur les ruines de l'ancienne Cour
des Comptes. Mais le gouvernement, après mûr examen, se
prononça pour la reconstruction *sur place* de l'Hôtel des
Postes. Il estima que l'emplacement de la rue Jean-Jacques
Rousseau présentait l'avantage inappréciable d'être à peu
près à égale distance des grandes gares, dans le voisinage
de la Bourse et de la Banque, et dans le quartier même où
sont situées de nombreuses imprimeries, d'où partent, matin
et soir, d'énormes ballots de journaux qui portent aux
quatre coins de la France les nouvelles de la capitale. Pour
pouvoir reconstruire sur place l'Hôtel des Postes, il fallait
commencer par déménager : d'où la nécessité de créer au
préalable quelque part une installation provisoire.

M. Julien Gaudet, l'un des architectes les plus distingués
de Paris, fut chargé de construire dans la cour du Carrousel
un baraquement destiné à servir pendant quelques années
d'Hôtel des Postes. Ce baraquement a été élevé avec une très
grande rapidité, et, dans la nuit du 7 août 1880, l'administration des Postes, sous l'habile direction du receveur
principal de la Seine, M. Pineaud, opérait le plus colossal
déménagement auquel Paris ait jamais assisté, et ce déménagement était opéré sans bruit, sans embarras et sans
qu'aucune distribution de lettres ait été retardée d'une
minute.

Le baraquement de la place du Carrousel n'est pas et ne
devait certainement pas être une œuvre architecturale. Le
nom seul de baraquement indique bien qu'il s'agissait d'un

Nouvel Hôtel des Postes de Paris.

bâtiment provisoire, dans la construction duquel on devait avant tout viser à l'économie. Et cependant, de l'aveu même des hommes les plus compétents en la matière, jamais hôtel des postes ne fut si commode. A la place du Carrousel, l'architecte, qui avait à sa disposition autant de terrain qu'il en pouvait désirer, a installé tous les services au rez-de-chaussée. Il n'y a pas une seule marche à monter, et, tout autour des baraquements, l'administration dispose de dégagements considérables où les tilburys, les fourgons et les omnibus peuvent circuler à leur aise. A la rue Jean-Jacques Rousseau le terrain était limité, tellement limité que le nouvel Hôtel des Postes n'occupe même pas tout l'ancien emplacement, dont une partie a été affectée à la rue Gutenberg. Aussi a-t-il fallu tout le talent de l'architecte pour résoudre le difficile problème dont il avait été chargé de trouver la solution.

Le nouvel Hôtel des Postes a la forme d'un grand quadrilatère. Sa façade principale, placée sur la rue du Louvre, a 76 mètres de longueur. Des deux façades latérales, l'une, celle qui se développe sur la rue Étienne Marcel, mesure 119 mètres de long; l'autre, celle qui est située sur la rue Gutenberg, a 77 mètres. La façade postérieure s'étend sur la rue Jean-Jacques Rousseau et présente environ 84 mètres de front.

L'Hôtel des Postes se divise en deux parties bien distinctes. Il comprend tout d'abord *un bureau de poste* comme il y en a dans presque toutes les villes de France, un bureau dans lequel on expédie des lettres, des journaux, de l'argent, des paquets de toutes sortes, des plis chargés ou recommandés. Il comprend ensuite l'*Hôtel des Postes* proprement dit, dans lequel a lieu la manipulation des correspondances.

Quand on entre dans un bureau de poste d'une petite

ville de province, on peut en général assister à cette manipulation, qui est excessivement simple. Trois ou quatre agents
prennent les lettres, oblitèrent les timbres-poste, frappent
l'enveloppe d'un timbre spécial, puis réunissent les lettres
en petits paquets suivant leur destination, et renferment
ces paquets dans des sacs qui sont apportés à la gare, ou à la
diligence lorsqu'il s'agit de petites localités encore desservies
par les diligences.

Mais ces différentes opérations constituent à Paris un
travail gigantesque, dont peu de personnes ont une idée
exacte, par cette simple raison que le public n'est pas admis
à pénétrer dans cette vaste usine qu'on appelle l'Hôtel des
Postes de la rue Jean-Jacques Rousseau.

Mais les rédacteurs de la *Bibliothèque des Écoles et des
Familles* jouissent de privilèges dont ils savent à l'occasion
profiter, et il nous a suffi de manifester à M. Cochery, qui
était alors Ministre des Postes et Télégraphes, le désir
d'étudier et d'expliquer ensuite à nos jeunes lecteurs le
fonctionnement du service de la poste à Paris, pour que
M. Cochery se soit empressé de nous accorder toutes les
autorisations possibles et de nous fournir tous les renseignements désirables. Nous l'en remercions de tout cœur.
M. Cochery a compris qu'il pouvait être intéressant pour le
jeune public auquel s'adresse ce livre de se faire une idée
exacte de ce qu'est aujourd'hui en France cette grande
administration des Postes et des Télégraphes. Les jeunes gens,
pendant le cours de leurs études, entendent souvent prononcer le *mot* d'administration, ils ont bien rarement l'occasion d'étudier la *chose*. Grâce à M. Cochery cette lacune va
pouvoir être comblée en ce qui concerne les Postes, et ceux
qui liront ce livre jusqu'au bout connaîtront dans ses grandes
lignes l'important service de la transmission des lettres.

Portique de l'Hôtel des Postes

J'ai dit tout à l'heure que l'Hôtel des Postes comprenait deux grandes divisions : un bureau de poste et le service de la manipulation des lettres. Dans ce chapitre je ne veux parler que du *bureau de poste*. Mes lecteurs trouveront dans le chapitre suivant des détails sur le service de la manipulation des lettres.

Ce bureau de poste ressemble sans doute à tout autre bureau de poste, avec cette différence qu'il s'agit du plus vaste de tous les bureaux de poste de France, de celui qui reçoit le plus grand nombre de lettres, de celui qui, à tous les points de vue, est le plus occupé.

Ce bureau est situé au rez-de-chaussée du nouvel Hôtel des Postes. Il s'ouvre sur la rue du Louvre, et le public peut y pénétrer par trois immenses tambours situés sous un vaste portique toujours ouvert.

Si vous n'avez qu'une lettre à jeter à la boîte, qu'un timbre ou une carte postale à acheter, il n'est pas nécessaire de pénétrer dans le bureau. Vous trouverez sous le portique deux groupes de boîtes aux lettres portant les mots : « Paris, départements, étranger », et deux groupes de boîtes à imprimés. Vous y trouverez également des agents qui vous vendront timbres-poste et cartes postales. Mais je suppose que vous soyez venu à l'Hôtel de la rue Jean-Jacques Rousseau pour recommander une lettre ou pour déposer vos économies à la Caisse d'épargne postale; dans ce cas, il faut entrer dans le bureau.

Ce bureau se compose d'une immense pièce qui reçoit le jour d'un plafond vitré. Plus de cloisons, plus de verres dépolis, plus de rideaux derrière lesquels les employés pouvaient lire leur journal, tandis que nous faisions queue devant l'unique guichet qui était ouvert.

Ici employés et agents travaillent sous les yeux du public,

dont ils ne sont séparés que par une simple cloison de bois
d'une hauteur de 1^m,50 environ. Vous avez là un front de
48 mètres de guichets pour les affranchissements, les
chargements, les mandats de poste, la Caisse d'épargne
postale, etc., etc. Il vous suffit de lire l'écriteau qui se
détache en caractères très lisibles au-dessus de chaque
guichet, pour savoir immédiatement de quel côté vous devez
vous diriger.

D'ailleurs, si vous êtes embarrassé, vous n'avez qu'à vous
adresser au guichet des renseignements, où vous trouverez un
employé « poli, aimable et patient », qui, de la meilleure
grâce du monde, répondra à vos questions et vous indiquera
ce que vous avez à faire. Ce pauvre employé, je le plains de
tout mon cœur. Figurez-vous un monsieur qui arrivera à son
bureau à sept heures du matin, qui y restera jusqu'à cinq
heures du soir, et qui pendant ces dix heures sera obligé
à chaque seconde de répéter aux personnes qui ne se
donneront pas la peine de lire les indications qui se trouvent
sur chaque guichet : « Adressez-vous au guichet n° 7;
adressez-vous au n° 11; adressez-vous au n° 6 », et cela depuis
le 1er janvier jusqu'à la Saint-Sylvestre. Pour trouver un
employé qui puisse faire ce service sans avoir jamais ses
nerfs, il faudra le chercher avec une lanterne.

Quant à nous, qui avons des yeux et qui savons nous en
servir, nous n'irons pas importuner le monsieur du bureau
des renseignements; nous nous dirigerons directement vers
le bureau des chargements, où nous trouverons un employé
non moins aimable qui prendra notre lettre et la fera parvenir à destination.

Dans cette magnifique salle nous trouvons des pupitres
très confortables, sur lesquels, tout à notre aise, nous
pouvons faire notre correspondance, et, si nous avons le

travail difficile, si le bruit des personnes qui circulent dans cette vaste salle nous dérange, nous n'avons qu'à entrer dans

Boîte aux lettres de l'Hôtel des Postes de Paris.

le salon fort élégant qui est à côté et dans lequel nous écrirons tout à notre aise notre lettre.

Les voyageurs de commerce et tous ceux qui ne sont que de passage à Paris peuvent se faire adresser leur correspondance à la *poste restante*, qui, dans le nouvel Hôtel des Postes, aura son entrée par la rue Gutenberg. A côté de la poste restante, il y a la salle des abonnés. Ceci est une innovation. Il y a des personnes, les commerçants sont de ce nombre, qui, très pressées d'avoir tous les jours leurs lettres dès qu'elles sont arrivées, aiment mieux aller elles-mêmes les chercher à la poste que d'attendre que le facteur les leur apporte à domicile.

Dans les villes de province, cette habitude est assez générale. Dès qu'un courrier arrive, les commerçants envoient un commis à la poste pour y prendre leurs lettres.

A Paris cette façon de procéder n'aurait pas été pratique. Voyez-vous d'ici cinq cents ou mille personnes faisant queue au guichet pour y demander chacune leurs lettres.

Pour éviter cet encombrement et cette perte de temps, M. Gaudet a eu l'heureuse idée d'installer un service des *abonnés* tel qu'il fonctionne dans certains pays étrangers, et notamment à Anvers.

Dans une salle il a établi un grand nombre de petites boîtes en cuivre fermées chacune par une serrure différente. Chaque abonné a la clef de sa boîte, qu'il peut ouvrir à chaque heure de la journée.

Ces boîtes forment pour ainsi dire la cloison qui sépare une pièce en deux parties. Dans la partie où pénètrent les abonnés, les boîtes sont pleines, c'est-à-dire qu'elles n'ont aucune ouverture. Elles se distinguent les unes des autres par un numéro. De l'autre côté de la cloison, les boîtes ont chacune une étiquette portant le nom de l'abonné et une ouverture par laquelle l'employé introduit les lettres.

Grâce à ce système, sans déranger personne, sans faire queue, sans perdre une seule minute, tout abonné pourra, après chaque courrier, venir s'assurer s'il y a des lettres à son adresse.

L'abonnement coûtera cinq francs par mois.

Bureau de la poste restante dans l'ancien Hôtel de la rue Jean-Jacques Rousseau.
D'après une gravure de l'*Illustration*.

Le nouvel Hôtel des Postes de Paris occupe une surface bâtie de 8000 mètres. Mais, grâce au système de la superposition des étages, on a plus de 25 000 mètres affectés à l'installation des services. Le bâtiment est incombustible, car la construction est, pour ainsi dire, toute métallique. Les façades ne supportent ni les planchers ni les combles. Elles pourraient être démolies toutes les quatre sans que l'édifice s'écroulât. En effet les planchers, qui sont en fer et en briques, sont assis sur des piliers de briques ou sur des colonnes de fer ou de fonte.

Dans cette construction gigantesque on a employé environ 4000 tonnes de fer ou de fonte, et, si par hasard un incendie venait à éclater, d'immenses réservoirs d'eau situés dans les combles et contenant 50 000 litres en auraient bientôt raison.

A présent que nous avons fait le tour du *bureau de poste*, nous allons parcourir l'*Hôtel des Postes* et étudier les diverses parties de l'immense bâtiment de la rue Jean-Jacques Rousseau, de cette grande usine dans laquelle 2500 ouvriers travaillent jour et nuit.

Il n'est pas possible, dans ce modeste travail, d'examiner en détail chacun des rouages de cette grande machine qu'on appelle la *Poste*. Nous devons nous contenter d'en étudier les pièces essentielles.

A ce point de vue, on peut dire que l'Hôtel de la rue Jean-Jacques Rousseau comprend trois services principaux : le *transbordement*, l'*arrivée*, le *départ*.

On appelle *transbordement* le service qui est chargé de recevoir les *sacs* d'objets de correspondances qui arrivent à l'Hôtel des Postes ou qui en partent, et de les diriger vers leur destination.

Ce service ne manipule pas des *lettres*, mais seulement

des *sacs*. Comme le transport des sacs des bureaux de ville à l'Hôtel des Postes, et de l'Hôtel aux gares de chemins de fer est fait par des tilburys ou par des fourgons, le service du transbordement a dû nécessairement être installé au rez-de-chaussée.

Au premier étage nous avons l'*arrivée*. C'est là qu'on ouvre les sacs de lettres pour Paris. C'est là que les facteurs opèrent le tri et *font* leur boîte avant de commencer leur tournée.

Le deuxième étage est destiné au *départ*, c'est-à-dire au service qui est chargé de préparer les sacs de lettres ou objets de correspondance qui doivent quitter Paris pour aller soit en province, soit à l'étranger.

Entrons dans la salle de l'arrivée. Les lettres mises dans toutes les boîtes de la capitale et destinées à Paris sont portées dans cette salle. Les lettres adressées à Paris de la province ou de l'étranger arrivent dans des sacs qui, débarqués au service du transbordement par les fourgons à deux chevaux de l'administration, sont hissés au premier étage à l'aide de monte-charges. L'ouverture des dépêches, c'est-à-dire des sacs, commence aussitôt. Un homme ouvre successivement chaque sac, renverse le contenu sur la grande table des lettres, puis il retourne son sac pour bien s'assurer qu'aucune lettre n'a été oubliée dans quelque pli de l'étoffe. Il faut avoir vu cette montagne de lettres pour se rendre compte du travail colossal qui incombe aux employés. Songez donc que la recette principale de Paris manipule tous les jours 1 409 500 objets! Je parle, bien entendu, du temps normal. Il est évident qu'aux époques exceptionnelles, au moment des élections législatives par exemple, alors que les électeurs parisiens reçoivent tous les jours des journaux, des bulletins ou des professions de foi, le travail de la Poste est considérablement augmenté. Mais il y a une époque de l'année où ce

La cour du transbordement dans l'ancien Hôtel des Postes.
D'après une gravure de *l'Illustration*.

travail devient tout à fait gigantesque : c'est au moment des
fêtes du nouvel an. Voilà des *fêtes* dont les employés des Postes

se passeraient volontiers! Sait-on combien de cartes de visite
la recette principale de Paris a manipulées le 1ᵉʳ janvier 1885?
10 892 000. Si ces 10 892 000 cartes de visite étaient empi-
lées les unes sur les autres, elles formeraient, malgré
l'effet produit par le tassement, une colonne de plus de
5000 mètres de hauteur, c'est-à-dire une colonne dix-sept
fois plus élevée que la tour que M. Eiffel se propose d'ériger
sur le terrain de la prochaine Exposition.

Supposons qu'un employé désireux de lire chacune de ces
adresses place toutes ces cartes de visite par terre à la suite
les unes des autres de façon qu'elles se touchent, en mettant
la première carte à la gare de Lyon et en suivant les rails de
la ligne Paris-Lyon-Méditerranée. Savez-vous jusqu'où il serait
obligé d'aller pour épuiser son stock? Il devrait aller jusqu'à
Nice, et même, une fois arrivé à Nice, il lui resterait encore
quelques milliers de cartes de visite entre les mains.

J'ai fait un autre calcul : j'ai mesuré la surface qu'occupe-
raient les timbres-poste qui ont servi à affranchir ces cartes
de visite, si on les plaçait par terre comme de petits car-
reaux. Eh bien, j'ai trouvé qu'avec ces timbres-poste on
pourrait couvrir un peu plus d'un demi-hectare. Enfin, il est
bon de noter que la vente de ces timbres-poste rapporte à
l'État 540 000 francs environ, chaque année.

Les employés des Postes n'ont pas le droit de maudire
cette singulière habitude d'échanger des cartes de visite
qui leur impose un tel surcroît de travail, car eux-mêmes
contribuent, pour une bonne part, à perpétuer cet usage.
En effet, le premier de l'an, les divers offices postaux
étrangers échangent leurs cartes entre eux. J'ai vu, à la recette principale de Paris, des cartes de visite ainsi conçues :
Les employés des Postes de Saint-Pétersbourg à leurs collègues de
Paris, bonne année! Quelques-unes des cartes sont même

illustrées avec une certaine élégance. A Paris, l'habitude
d'envoyer, le premier jour de l'an, sa carte de visite à ses
amis ou à ses chefs hiérarchiques se démocratise d'une façon
inquiétante, Aujourd'hui le plus modeste fonctionnaire a des
cartes de visite, et, le 1er janvier de l'année dernière, le receveur central de Paris a reçu la carte de... son allumeur de
gaz.... Si cela continue, dans cinquante ans d'ici il faudra
bâtir un hôtel spécial pour recevoir les cartes de visite du
premier de l'an.

Mais laissons de côté les cartes de visite et revenons à la
salle dans laquelle se fait le tri des correspondances. Une
montagne de lettres, de cartes postales, de paquets d'échantillons, de journaux, d'imprimés de toute nature est là sous
nos yeux.

Des agents portent dans des corbeilles et viennent verser
sur ce tas les lettres qui proviennent du bureau de poste de
la recette centrale. En quelques minutes la montagne de
lettres prend des proportions effrayantes. L'homme qui n'est
pas du métier et qui assiste pour la première fois à ce travail se dit : « Jamais ces braves employés ne se tireront
d'affaire ; il est impossible qu'en quelques quarts d'heure
toutes ces lettres soient prises une à une, examinées, timbrées, classées et expédiées ». Et cependant il en sera ainsi ;
aucun accroc ne se produira, et, sans bruit, sans embarras,
comme si ce travail fiévreux était la chose la plus simple du
monde, les employés des Postes vont faire table nette, et,
par leurs soins, ce tas de lettres va disparaître presque aussi
rapidement qu'il s'est formé sous nos yeux.

Mais aussi examinez comment tout ce monde travaille ;
voyez avec quel soin, avec quelle intelligence pratique la
besogne est divisée. La division du travail est un principe
d'économie politique qui, appliqué avec tact, donne des

résultats merveilleux, car, à faire toujours la même chose, on devient d'une adresse prodigieuse. Eh bien, l'administration des Postes a appliqué ce principe : elle a divisé autant qu'elle l'a pu le travail de manipulation auquel chaque lettre doit être soumise.

Tous ces hommes qui se pressent autour de cette table ont chacun leur tâche assignée d'avance. Celui-ci empile les lettres les unes à côté des autres, de façon que le timbre-poste se trouve en haut et à droite. Celui-là forme de petits tas.

Dès qu'un certain nombre de lettres ont été ainsi classées, un agent, qui fait sans cesse le tour de la table, les enlève et les apporte aux facteurs qui sont chargés de les oblitérer et de les timbrer.

Oblitérer une lettre, c'est frapper son timbre-poste d'un cachet noir de telle façon que ce timbre-poste ne puisse plus resservir. Timbrer les lettres, c'est imprimer sur l'enveloppe un timbre à date fixe faisant connaître le nom des bureaux qui les ont manipulées et indiquant le moment de leur passage dans ces bureaux. Ces empreintes permettent de préciser, en cas de réclamation ou d'irrégularité constatée, le point où a été commise l'erreur, celui où le retard s'est produit. Il est donc essentiel que le timbrage des correspondances soit toujours correct et lisible.

Les lettres qui, dans la salle de l'arrivée, forment cette montagne que notre dessin représente très fidèlement, proviennent de divers points; celles qui arrivent de l'étranger, de la province ou des bureaux de Paris ont déjà été timbrées et oblitérées par les bureaux d'origine. Celles qui proviennent de la recette centrale seules ont besoin d'être oblitérées et timbrées, mais toutes doivent recevoir l'empreinte du timbre indiquant le jour et l'heure où elles ont passé par l'Hôtel des Postes.

Ouverture des sacs et timbrage des lettres avec la machine Daguin.

Pendant longtemps on s'est servi, pour faire ce travail, de timbres mobiles, que les agents arrivaient à manier avec une habileté étonnante. Maxime Du Camp, dans son livre sur la poste, raconte qu'il a vu un facteur timbrer jusqu'à quatre-vingt-sept lettres par minute avec le timbre mobile, mais l'empreinte de ce timbre est souvent peu lisible. Aussi l'administration, dans ces dernières années, vient-elle de remplacer le timbrage à la main par le timbrage mécanique. A la suite d'un concours qui eut lieu sous le ministère de M. Cochery et auquel furent appelés divers constructeurs français, l'administration des Postes a adopté une machine des plus ingénieuses, connue sous le nom de machine Daguin.

Les facteurs sont assis devant la machine Daguin comme des ouvrières devant leur machine à coudre. Dans la machine Daguin, l'oblitération est produite au moyen de deux cachets du modèle ordinaire de la Poste, adaptés à un organe spécial qu'une arcade métallique, mobile autour d'une double articulation, permet d'amener sur tous les points d'un espace assez considérable. Le facteur dirige un de ces cachets sur le timbre-poste, qui est ainsi oblitéré. L'autre cachet tombe au hasard sur une partie quelconque de la lettre[1].

Bientôt ce travail est terminé; toutes les lettres sont oblitérées et timbrées. Il s'agit maintenant d'en opérer le tri, c'est-à-dire de les classer par quartiers.

On a divisé Paris en onze rayons. Chaque rue de la capitale correspond à un de ces rayons. Les lettres sont placées

---

1. La machine Daguin existe à Paris dans tous les bureaux et en province dans les bureaux des villes de 5000 âmes; petit à petit elle sera installée dans toutes les recettes de poste de France.

La machine Daguin fonctionne également en Belgique, en Suède, au Chili et en Autriche; avec cet appareil un homme peut timbrer mécaniquement cent lettres à la minute.

dans de petites corbeilles, que l'on transporte sur un tri ou casier jusqu'à la place où se trouvent les employés chargés de répartir les correspondances entre les onze rayons.

Ces employés, qui nécessairement doivent connaître sur le bout des doigts cette géographie de Paris, se tiennent devant leurs casiers; ils prennent sur leur tête un paquet de lettres, lisent rapidement les adresses et placent les lettres dans une des onze cases. Au fur et à mesure que les cases se remplissent, des agents les vident, et alors commence la répartition des lettres de chaque case ou rayon en vingt quartiers.

Cette fois, la répartition est faite par les facteurs, qui, eux, ne sont tenus de connaître que les quartiers composant un rayon.

Ce travail effectué, les facteurs d'un quartier prennent chacun les lettres appartenant aux rues qu'ils sont chargés de desservir; puis, toujours à la hâte, car les minutes sont comptées, ils font leur boîte, c'est-à-dire qu'ils classent leurs lettres suivant l'itinéraire qu'ils auront à suivre. L'opération est enfin terminée. Un signal est donné, et immédiatement les facteurs descendent dans la cour, où ils trouvent des omnibus qui les conduisent au grand trot jusqu'à l'endroit où ils doivent commencer leur tournée.

L'étendue de la ville de Paris est en effet trop considérable pour qu'il soit possible aux facteurs d'aller à pied depuis l'Hôtel des Postes jusqu'au quartier dans lequel ils doivent effectuer leur distribution. Tout le monde a rencontré dans les rues de Paris ce grand omnibus, tellement bondé de facteurs-distributeurs, que quelques-uns d'entre eux sont obligés de se tenir debout sur le marchepied de la voiture.

L'omnibus va bon train, comme toutes les voitures de la Poste, et, quoique les règlements de police n'accordent for-.

Le tri des lettres.

mellement à aucune voiture de cette administration le droit
de *couper les files*, en pratique, toutes les fois qu'il y a encombrement, les agents de police donnent le pas aux voitures de

Le facteur fait sa boîte.

la poste sur toutes les autres voitures publiques ou privées,
et ils ont raison, car il s'agit d'un service public pour
lequel le moindre retard peut avoir les conséquences les plus
fâcheuses. Lorsqu'un enterrement est suivi par un cortège
trop nombreux, les officiers de paix n'hésitent pas à couper

le cortège afin de permettre aux voitures de la Poste de
passer.

Aussi est-il bien rare que le facteur arrive en retard dans
son quartier. A peine a-t-il mis pied à terre qu'il commence

Facteur faisant sa distribution.

sa distribution. Suivez-le des yeux, il entre dans toutes les
maisons, pénètre dans toutes les boutiques. Sa boîte est si bien
faite, ses lettres sont si bien classées que jamais il n'aura
besoin de retourner sur ses pas. Il marche droit son chemin
et continue sa route jusqu'à ce que sa tournée soit terminée. Alors il se rend dans un bureau de poste qui lui est

Omnibus conduisant les facteurs dans leurs quartiers de distribution.

assigné à l'avance. Là il fait constater sa rentrée. S'il lui reste entre les mains des lettres qu'il n'a pu distribuer, soit parce que le destinataire était absent, soit parce qu'il est inconnu à l'adresse indiquée, il les dépose dans ce bureau, puis il va retrouver l'omnibus à un endroit déterminé et se rend de nouveau à l'Hôtel des Postes, à moins que son service ne soit terminé pour la journée.

Parisiens, qui recevez votre courrier quand vous êtes encore dans votre lit, songez quelquefois à l'immense service que vous rend l'administration des Postes, et ayez un peu de reconnaissance pour ces modestes agents qu'on appelle les facteurs et pour lesquels il n'y a jamais ni trève ni repos.

CHAPITRE VI

VOYAGE D'UNE LETTRE DE PARIS A NICE. — LE BUREAU DU DÉPART. — L'AMBULANT
LA MALLE DES INDES

Faisons à présent le voyage en sens inverse, et suivons une lettre adressée à M. X... à Nice et qui aurait été jetée dans une boîte de la rue Miromesnil à Paris.

Les boîtes aux lettres sont levées (c'est-à-dire vidées) par les agents du bureau duquel elles dépendent. Les boîtes de la rue Miromesnil dépendent du bureau du boulevard Malesherbes. Un facteur vide le contenu de ces boîtes dans une sacoche de cuir, et, quand il a terminé sa tournée, il apporte sa sacoche au bureau du boulevard Malesherbes.

Là tous les objets de correspondance sont versés sur une table, timbrés et oblitérés à l'aide de la machine Daguin. Quand ce travail est terminé, les agents examinent chaque lettre avec soin pour voir si l'affranchissement est régulier. Puis ils procèdent à la répartition de ces lettres et paquets entre les bureaux correspondants au moyen de casiers dont chaque case reçoit les lettres destinées à un bureau séparé.

La ville de Paris contient cent bureaux de poste. Afin de simplifier et d'activer le travail, l'administration a choisi quinze de ces bureaux qu'elle désigne techniquement sous le

Tilbury de la Poste.

nom de *bureaux de passe*. Les bureaux de passe réunissent dans leur sein le produit des quatre-vingt-cinq autres bureaux; ils font subir aux lettres et paquets de toute nature une trituration sommaire. Ils séparent les lettres en trois catégories : celles qui sont destinées à Paris, à la province et à l'étranger. Notre lettre pour Nice mise à la boîte de la rue Miromesnil, apportée par le facteur au bureau du boulevard Malesherbes, est envoyée au bureau de passe de la rue d'Amsterdam, où, réunie à d'autres lettres pour Nice et la région (Nice, Marseille, Toulon, etc.), elle est enfermée dans un sac qu'on nomme *dépêche*.

Chaque dépêche est ficelée à part et garnie d'une étiquette en gros caractères qui en indique la destination; puis tous ces paquets, après avoir été mentionnés sur un registre spécial, sont enfouis dans un sac fermé à l'aide d'une corde scellée et d'un cachet de cire portant l'empreinte du bureau expéditeur. Dès que ce travail est terminé, le sac est déposé dans un tilbury à caisse, qui part immédiatement au grand trot et se rend à l'Hôtel des Postes, service des transbordements.

Le bureau des transbordements, qui, ainsi que je l'ai dit, ne manipule jamais de lettres, mais seulement des sacs fermés, reçoit le tilbury à son arrivée à l'Hôtel des Postes. Par ses soins, les sacs destinés à Paris sont envoyés au bureau de l'arrivée, et ceux qui doivent aller à l'étranger sont divisés suivant les offices postaux auxquels ils sont adressés. Enfin ceux qui sont destinés à la province sont dirigés sur les gares de chemin de fer. Notre lettre pour Nice va être envoyée à la gare de Lyon avec toutes celles qui émanent de la recette centrale et qui sont manipulées au *bureau du départ*.

Le bureau du départ, voici encore un bureau qui mérite d'être examiné au moment du coup de feu. Comme dans le bureau de l'arrivée, nous trouvons devant nous une montagne de lettres qui toutes émanent de Paris. A chaque minute les employés viennent ajouter à cette montagne les lettres qui sont jetées à la boîte du bureau central.

Pendant les dix minutes qui précèdent la dernière levée, cette boîte, à elle seule, reçoit plus de lettres qu'un bureau ordinaire de Paris n'en reçoit pendant toute la journée. Arrêtez-vous en face de cette boîte et vous verrez défiler devant vous des centaines de personnes, qui presque toutes arrivent en courant. Il s'agit de ne pas manquer le dernier courrier et de faire parvenir douze heures plus tôt, à destination, la lettre qui apportera à la famille une bonne nouvelle ou qui enverra à un industriel un ordre à exécuter sans délai. Celui qui pourrait se placer dans l'intérieur même de la boîte aux lettres aurait sous les yeux un spectacle curieux. Il verrait des centaines de mains qui, à tour de rôle, se présentent devant la boîte et laissent échapper des lettres qui, tombant les unes à côté des autres, forment une véritable pluie.

Quelle étude curieuse que celle de ces mains jetant dans cette boîte un papier tantôt banal et tantôt précieux! Mains d'hommes, mains de femmes, mains d'enfants, mains gantées et mains caleuses, mains qui tremblent et mains résolues; un philosophe qui examinerait toutes ces mains avec attention pourrait presque deviner le contenu de chaque lettre, de même qu'en regardant bien fixement quelqu'un dans les yeux on peut, à certains moments, découvrir les sentiments qui s'agitent au fond de son âme.

Au fond de la boîte aux lettres, un homme à la hâte ramasse tous ces papiers qui tombent sur sa tête, en fait des tas et les empile dans des paniers.

Il prend à pleines brassées ces enveloppes qui dans quelques heures apporteront, sur les divers points du globe, la

La dernière levée.

joie ou la tristesse. La lettre de décès, la lettre de faire-part d'une naissance ou d'un mariage, la lettre d'affaires, le dernier adieu du soldat qui part pour le Tonkin et qui ne reviendra peut-être plus, la lettre contenant un aveu, une confession, un secret ou une déclaration d'amour, — toutes les vérités, tous les mensonges, toutes les joies et tous les désespoirs, tous les sentiments en un mot qu'un être humain peut éprouver sont là, contenus en germe dans ces enveloppes qu'un homme de peine remue à pleines mains comme s'il s'agissait d'une marchandise sans valeur.

La levée est faite, les sacs sont fermés. Il ne reste plus qu'à les faire redescendre au rez-de-chaussée au bureau du transbordement. C'est là une grande difficulté; on ne peut songer à descendre les sacs un à un : on perdrait un temps infini. Il faut absolument les précipiter du second étage au rez-de-chaussée.

J'ai déjà eu occasion de dire que la disposition idéale, pour un hôtel des postes, est celle qui aurait consisté à placer tous les services au rez-de-chaussée. Cette disposition a été adoptée pour l'hôtel provisoire du Carrousel. Si l'on avait voulu la réaliser rue Jean-Jacques Rousseau, il aurait naturellement fallu employer trois fois plus de terrain. On a reculé devant ce surcroît considérable de dépense; on a tenu à établir autour de l'Hôtel des Postes plusieurs rues nouvelles très larges, et l'on a été ainsi amené à superposer les trois services, en plaçant le *transbordement* au rez-de-chaussée, l'*arrivée* au premier étage et le *départ* au second étage.

Je suis de ceux qui pensent qu'un jour ou l'autre l'administration se repentira amèrement de s'être arrêtée à ce parti. Plus d'une fois, quand ils seront installés dans leur splendide hôtel de la rue Jean-Jacques Rousseau, les employés qui, eux, tiennent le manche de la poêle, regretteront leur vieux *bara-*

quement de la place du Carrousel, qui n'est pas élégant, mais qui, après tout, remplit les conditions essentielles d'un bon hôtel des postes, car il est vaste, commode, bien éclairé, ne possède pas un seul escalier et par conséquent n'exige le fonctionnement d'aucun monte-charge et d'aucune glissière.

Quoi qu'il en soit, le système de la superposition des trois services a prévalu, et le *départ* se trouve au second étage. Donc toutes les lettres, tous les journaux, toutes les brochures, tous les échantillons, tous les objets quelconques de correspondance qui, par centaines de mille, partent tous les jours de Paris pour la province ou l'étranger, doivent être hissés au second étage et de là, après avoir été classés et enfermés dans des sacs, être précipités au rez-de-chaussée d'une hauteur à peu près égale à celle des tours de l'église Saint-Eustache !

Faire faire une pareille chute à des sacs remplis de lettres, constituait un problème qui n'était pas facile à résoudre. L'architecte a adopté la solution la moins mauvaise, en établissant des glissières par lesquelles les sacs sont précipités du bureau du *départ* au bureau des *transbordements*. Ces glissières, fort habilement construites, sont établies de telle sorte que les sacs, dans leur chute du second étage au rez-de-chaussée, frappent alternativement à droite et à gauche, de façon que le choc soit amorti dans des proportions considérables.

Les calculs mathématiques établissent par A + B que les sacs ne peuvent pas s'éventrer en route. Cependant il ne faut jurer de rien, et pour ma part je ne certifie pas qu'un jour ou l'autre un accident de cette nature ne se produira pas. Ce qui est certain, c'est que ces sacs vont être soumis à une rude épreuve, et il ne faut pas oublier que l'achat et l'entretien des sacs nécessaires au service de la Poste constituent une

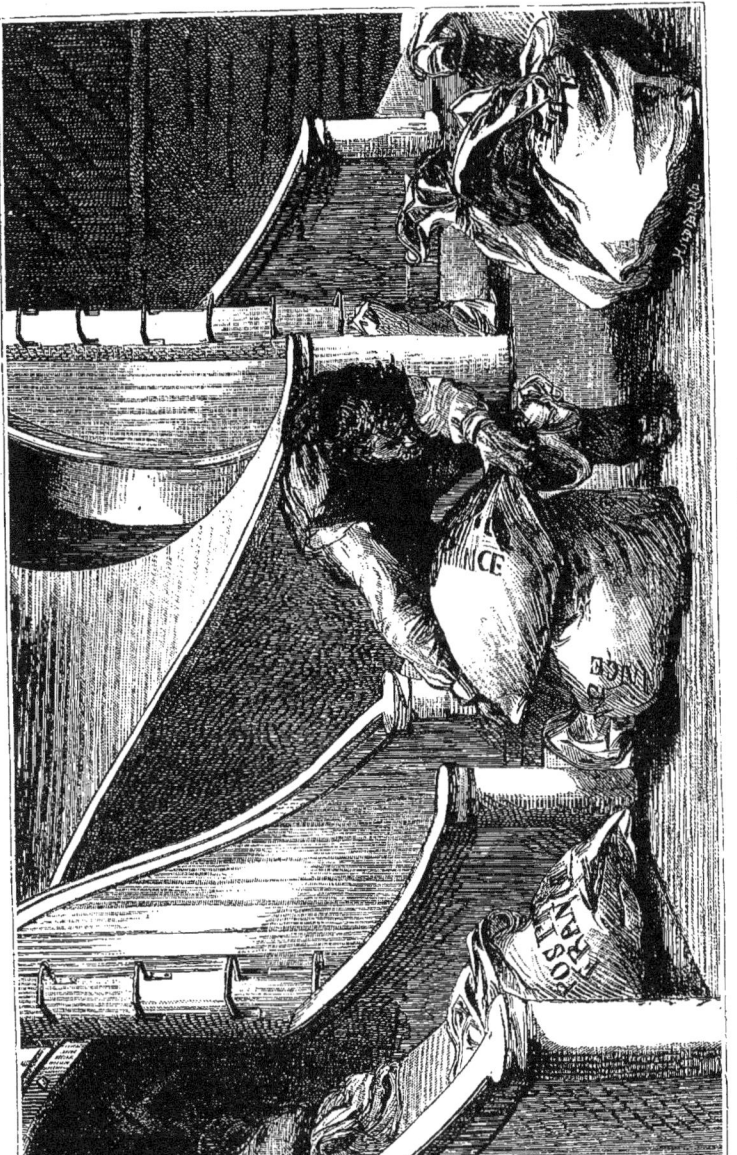

La chute des sacs par la glissière.

dépense qui n'est pas négligeable. Le prix d'un sac varie, suivant son volume et sa qualité, entre 2 francs et 10 francs. Les receveurs des bureaux de province achètent eux-mêmes, au moyen des frais de bureau qui leur sont alloués, les sacs dont ils ont besoin, ainsi que les diverses fournitures indispensables pour leur service (ficelle, cire, papier d'emballage, etc.).

Pour la recette principale de la Seine, ainsi que pour les bureaux de Paris, les ambulants et les bureaux de poste des ports de mer qui ont des correspondances avec l'étranger, l'administration fournit elle-même tous ces objets, et ces fournitures représentent une somme fort respectable.

Ainsi, pour les bureaux dont je viens de parler, il faut 75 000 sacs. La fourniture et l'entretien de ce matériel figurent au budget de l'État pour une somme de 100 000 francs par an! Ce chiffre ne doit pas nous étonner. Le service des Postes est un service fiévreux, qui ébranle les constitutions les plus énergiques. A Paris il y a des employés qui quittent leur bureau tous les soirs à sept heures, et qui tous les matins à quatre heures sont à leur travail. Pour résister à un pareil métier, une santé de fer ne suffit pas, il faut encore avoir cette force morale qu'on ne possède que lorsqu'on a l'amour de son métier. C'est l'amour du métier qui explique comment des employés intelligents, honnêtes, actifs restent dans un service ingrat où ils sont mal rétribués, alors qu'il leur serait facile de gagner un salaire supérieur avec moins de travail et de fatigue.

Malheureusement pour les finances de l'État, les fournitures de bureau ne sont pas douées de cette force morale. Aussi la vie d'un sac à lettres est-elle fort courte. Ah! si ce sac à lettres pouvait parler, que de choses il nous raconterait! S'il pouvait faire le récit de ses impressions de voyage, que

de détails intéressants il nous donnerait! Songez-y, il y a des
sacs qui, semblables aux vieux soldats de l'ancienne garde,
en ont vu de dures.

Il y a des sacs qui ont usé de tous les moyens de locomotion,
qui plus d'une fois sont partis de Paris pour aller dans les
Indes, et qui, après avoir voyagé en tilbury, en diligence, en
paquebot, à dos de mulet et à dos de chameau, sont rentrés
sains et saufs à Paris pour repartir le jour même... pour le
Tonkin ou pour la Nouvelle-Calédonie. Ceux-là sont les vieilles
culottes de peau du métier. Ils ont résisté aux insolations
aussi bien qu'aux gelées; ils ont entendu parler toutes les
langues, ont fait connaissance avec toutes les douanes et ont
connu plus d'une fois les tracasseries des administrations les
plus diverses. Rien n'a pu ébranler leurs forces; pour les
tuer, il a fallu qu'ils rencontrassent sur leur chemin le choléra ou plutôt le service de la police sanitaire, qui, afin de
les préserver du choléra, les a si bien enduits de goudron
qu'ils en sont morts.

A côté de ces vieux serviteurs de la Poste, il y a des sacs
qui disparaissent à la fleur de l'âge, au début de leur carrière,
dans la plénitude de leur force. Que sont-ils devenus? Il
serait assez difficile de le dire, quoique cela soit le secret de
Polichinelle.

Dernièrement je me trouvais dans une grande capitale de
l'Europe. Je vais au bureau central des Postes et là je vois de
magnifiques sacs dont on avait tout simplement raturé l'étiquette : *postes françaises;* en dessous on avait écrit le mot *poste
royale*, mais dans une autre langue. Que voulez-vous? la
France est un pays riche; elle peut bien fournir des sacs aux
administrations postales des autres nations.

Mais, me direz-vous, est-ce qu'on n'a pas organisé un service d'échange de sacs? Oui, ce service a été organisé. Mais

Fourgon des Postes pour le transport des lettres aux grandes gares de chemins de fer.

la France, à cause de ses journaux, qui sont lus dans tous les pays du monde, et à cause surtout de ces quantités fabuleuses d'échantillons qui sont expédiés par nos grands magasins de nouveautés dans toutes les contrées d'Europe, envoie à l'étranger plus de sacs de lettres qu'elle n'en reçoit.

Les pays étrangers emploient nos sacs pour renvoyer leurs lettres. Ils devraient également nous renvoyer les sacs vides qu'ils ne peuvent utiliser, mais... ils oublient de le faire.

Revenons à l'hôtel de la rue Jean-Jacques Rousseau. Tous les sacs destinés à la province sont prêts, ils ont été précipités par la glissière. On les charge sur des fourgons et des tilburys, et au galop ils filent vers la gare.

Voilà notre lettre pour Nice en route pour la gare de Lyon, où tous les sacs que les tilburys contiennent sont confiés au chef du bureau ambulant.

La transmission des objets de correspondance entre le bureau d'origine et le bureau de destination s'effectue de deux manières différentes. Ces objets, réunis en un paquet spécial appelé *dépêche*, sont transmis directement, ou ils sont dirigés, confondus avec les autres correspondances pour la même région, sur un bureau intermédiaire chargé de répartir entre chacun de ses correspondants ce qu'il a reçu pour eux.

Le premier procédé est employé pour l'échange local entre bureaux voisins et dans le cas, plus restreint, où deux bureaux éloignés échangent des correspondances suffisamment nombreuses pour que cette manière de procéder constitue une simplification réelle. Ainsi on fait à Lyon une *dépêche* pour Marseille, c'est-à-dire que toutes les lettres à destination de Marseille, mises à la boîte aux lettres de Lyon, sont enfermées dans un sac spécial et envoyées directement à Marseille. On procède de même à Versailles pour les letters à destination de Saint-Germain-en-Laye.

Mais tous les objets de correspondance qui sont mis à la boîte aux lettres de Paris à destination de Nice, Menton, Cannes, Monaco, Fréjus, Hyères, Saint-Raphaël, Toulon, etc., sont envoyés en bloc, pêle-mêle, à un bureau chargé de faire le tri et d'acheminer chaque lettre vers sa destination. Ce bureau s'appelle *ambulant*, du mot latin *ambulare*, marcher. En effet, les employés de ce service, au lieu de faire leur travail comme leurs collègues du service *sédentaire*, dans un hôtel quelconque des Postes, manipulent les lettres dans un bureau qui marche, c'est-à-dire dans un wagon de chemin de fer. Ce système, qui a pour but d'employer au tri et à la manipulation des lettres le temps même pendant lequel s'effectue le voyage, permet de recevoir les correspondances jusqu'au moment où le train s'ébranle. Prenons, par exemple, l'express de Marseille qui part de Paris vers 7 heures 15 minutes du soir. Le train est en gare; la locomotive fait entendre son ronflement saccadé. De tous côtés les voyageurs arrivent pour choisir le compartiment dans lequel ils cherchent à s'installer le mieux possible. Examinez bien ce train, il contient des voitures de formes diverses : après la locomotive et le tender un fourgon à bagages, puis des voitures de première classe, des wagons-salons, des wagons contenant des coupés-lits, des sleeping-cars et toutes sortes de voitures de luxe. Au milieu du train vous apercevez un ou deux wagons qui par leur couleur brune se distinguent aussitôt des autres. Ils portent cette inscription : *Ministère des Postes et des Télégraphes*. Ces wagons composent le bureau ambulant qui de Paris va jusqu'à Marseille.

Voici qu'un roulement se fait entendre dans la cour de la gare. Une immense voiture-fourgon attelée de deux beaux chevaux arrive au grand trot. Immédiatement la voiture est ouverte, et les sacs de lettres qu'elle contient sont débarqués dans le wagon de l'ambulant. Parmi ces sacs, les uns portent le nom d'une ville déterminée : Dijon, Lyon, Marseille. Dans ce cas les employés n'auront qu'à déposer ces dépêches au moment où le train arrivera à Dijon, à Lyon ou à Marseille. Mais il y a un certain nombre de sacs qui contiennent des lettres à destination de plusieurs localités d'une région. Il s'agit de manipuler ces lettres, d'en opérer le tri, de faire, en un mot, tout le travail qui se fait dans un bureau ordinaire et surtout d'être prêt au moment où le train arrivera en gare.

Le bureau ambulant draine sur son passage les lettres qui sont déposées aux gares intermédiaires. A chacune de celles-ci il remet les objets de correspondance à destination des localités qu'elle dessert. Il faut avoir voyagé dans un *ambulant* pour se rendre compte du travail fiévreux qui est effectué par les employés des Postes. Ils sont là quatre ou cinq dans un wagon de dimensions restreintes, entourés de casiers, encombrés de sacs et obligés, malgré la trépidation du train et le bruit de la locomotive, à un travail des plus minutieux et des plus fatigants. L'été on étouffe littéralement dans cette cage de bois et, si l'on ouvre les fenêtres pour avoir un courant d'air, non seulement on reçoit la poussière de charbon de la locomotive, mais on risque de voir s'éteindre les lampes qui éclairent le wagon. Ajoutez à cela la préoccupation permanente d'effectuer le tri avec rapidité, pour arriver *au pair* et *ne pas faire gare*, c'est-à-dire pour ne pas laisser passer une station sans avoir réuni les dépêches spéciales qui lui sont destinées, et vous comprendrez aisément qu'il faut être jeune et avoir l'amour du métier pour accepter de gaieté de cœur un pareil service. « Les employés des ambulants, a dit un homme qui connaît à fond ce service, M. Steenackers, doivent avoir un corps de fer, des yeux de lynx, des doigts de

singe et la souplesse élastique d'un clown. » Cette définition
est très juste. A toutes ces qualités physiques l'employé de
l'ambulant doit joindre une certaine instruction, une probité
à toute épreuve, une honorabilité parfaite. Et cet employé,
auquel l'État demande tant, ne reçoit, lui, comme traitement,
qu'une somme inférieure au salaire d'un ouvrier ordinaire.

Ce qui est plus étonnant, c'est que cet employé qui, semblable au Juif Errant, marche toujours, cet employé qui ma-
tériellement ne peut jamais s'asseoir, cet employé qui est
obligé de travailler debout, à la lumière vacillante d'une
lampe et constamment secoué par la trépidation du wagon,
n'a jamais pu être classé parmi les employés du service actif.
L'administration s'obstine à le considérer comme un agent
du service sédentaire, ce qui, au point de vue de la retraite,
présente pour lui de sérieux inconvénients.

On a calculé qu'un employé de l'ambulant faisant le service de Paris à Lyon aura accompli, au bout de quinze ans
de service, 1365 voyages; il aura consacré 2730 nuits à un
labeur excessivement actif et pénible; enfin il aura parcouru
1597760 kilomètres ou près de 350000 lieues, et cet employé, je le répète, n'a jamais pu obtenir d'être classé dans le
service actif!

Les bureaux ambulants fonctionnent la nuit aussi bien que
le jour.

Les agents qui effectuent un service de nuit arrivent au
wagon entre 5 et 4 heures du soir, ils commencent aussitôt
l'ouverture et le tri des dépêches émanant des bureaux correspondants. Les envois se succèdent jusqu'à l'heure du
départ, ordinairement fixée entre 7 heures 20 minutes et
9 heures.

A chaque station, la masse des dépêches à manipuler se
grossit d'un nouveau contingent, et c'est seulement après

Bureau ambulant.

8

un trajet moyen de 10 heures à 15 heures de présence
qu'en arrivant au point extrême de la ligne, le personnel du
bureau peut prendre quelque repos. *Le même soir*, la même
brigade recommence son travail en sens inverse et rentre à
Paris vers 5 heures du matin. Le repos des agents comprend
la journée d'arrivée, celle du lendemain et celle du surlen-
demain jusqu'à 3 ou 4 heures du soir.

Le service des ambulants est divisé en huit lignes, ayant
chacune un directeur à leur tête. Il occupe : 8 directeurs,
11 inspecteurs ou sous-inspecteurs, 238 chefs de brigade,
174 commis principaux, 958 commis ordinaires, 544 gar-
diens de bureau, 485 courriers convoyeurs, 156 chargeurs,
169 entreposeurs en gare, 8 sous-agents du matériel. Total,
2551 personnes!

Il coûte plus de 9 millions de francs par an; il emploie
386 wagons et effectue par jour 82 services, comportant un
mouvement quotidien de 164 voitures, qui parcourent tous
les jours 48 400 kilomètres.

Un certain nombre de ces voitures sont affectées d'une
manière spéciale au service de la malle de l'Inde, dont il est
bon de dire un mot.

L'Office des Postes britanniques emprunte la voie de la
France pour la transmission des dépêches qu'il échange avec
l'Égypte, l'Inde, la Chine, le Japon, l'Australie et la côte orientale d'Afrique, par la voie de Suez et des paquebots anglais.

Ces dépêches sont acheminées de Londres sur Calais et Paris, puis dirigées sur Brindisi par Mâcon et le mont Cenis. La
même voie est suivie au retour.

Les dépêches de la France et celles des pays auxquels la
France sert d'intermédiaire pour les relations avec l'Afrique
orientale, l'Asie et l'Océanie, et réciproquement, sont réunies
à celles de l'Angleterre.

La transmission de ces diverses dépêches sur le territoire français constitue le service dit de la *malle de l'Inde*. Ce service a une importance considérable, dont mes lecteurs se feront facilement une idée quand je leur aurai dit que les lettres qui sont expédiées par la malle de l'Inde représentent un poids total annuel de 835 700 kilogrammes.

Tous les vendredis, les correspondances anglaises qui doivent composer la malle de l'Inde quittent Londres et se dirigent sur Douvres, sous la conduite d'un agent des Postes anglaises (*officer in charge of Indian mails*).

Ces correspondances sont enfermées dans un nombre considérable de sacs, qui varie entre 250 et 300.

Tous ces sacs sont empilés dans l'entrepont du bateau, qui file immédiatement sur Calais. Le navire est à peine arrivé à Calais, que les matelots anglais en opèrent le déchargement. A la hâte, car le temps presse, les matelots, chargés de sacs, courent du bateau au chemin de fer, qui est tout près du quai, et entassent les sacs dans les wagons-fourgons de l'administration des Postes. L'agent anglais, qui déjà a convoyé ses dépêches depuis Londres jusqu'à Calais, monte dans le train, car le malheureux ne sera libre qu'à Brindisi.

Il faut véritablement avoir à un degré excessif le goût des voyages en chemin de fer, pour pouvoir mener une pareille existence. Cet employé des Postes anglaises qui monte en wagon à Londres le vendredi dans l'après-midi, n'arrivera à Brindisi que le lundi suivant. Pendant trois jours et trois nuits il roulera en chemin de fer.

Une fois à Brindisi, il se reposera trois ou quatre jours, puis il rentrera à Londres, en suivant toujours la même voie pour recommencer perpétuellement le même voyage. Un de ces convoyeurs anglais, qui est un parfait gentleman, fait ce ser-

vice depuis un nombre considérable d'années. Un écrivain de
mes amis, qui a étudié en détail le service de la malle des
Indes, Jean de Vistre, a voyagé un jour avec ce fonctionnaire
anglais depuis Calais jusqu'à Paris.

Pendant ce voyage mon ami remarqua que le gentleman
anglais, qui était un homme aux manières fort distinguées,
ne paraissait pas très heureux.

Et cependant il jouissait d'une excellente santé, il recevait.

Les sacs de dépêches dans l'entrepont du bateau qui fait le service de Douvres
à Calais pour la malle des Indes.

comme tous les fonctionnaires anglais, un fort joli traitement,
il n'avait aucun chagrin domestique, aucune préoccupation
personnelle. D'où pouvait bien venir cette mélancolie qu'il
avait peine à dissimuler? Après quelques instants de conversation, cette énigme fut expliquée, et Jean de Vistre n'eut
pas de peine à comprendre pourquoi le convoyeur anglais
était si peu gai.

« Cet infortuné gentleman fait ce voyage dix-huit à dix-

neuf fois par an. Il a traversé près de deux cents fois la moitié
de l'Europe. Il a touché près de quatre cents fois le sol de
Paris, le sol de Turin, et, de tout ce qu'il a si souvent touché, le malheureux ne connaît rien.

« Il y a des parties de la route où, soit à l'aller, soit au retour, il n'a jamais passé que de nuit. Il a séjourné près de
huit cents heures — trente-quatre à trente-cinq jours —
dans les *murs de Paris*, et il n'en connaît que la gare du
Nord, le chemin de ceinture, la gare de Lyon.

« Il voudrait bien voir Paris, le pauvre! Son rêve serait de
prendre, sans souci de l'heure, un verre de *pale ale* sur le
boulevard et de faire, sans locomotive et non pas même en
fiacre, mais à pied, le tour du lac au Bois de Boulogne.

« Mais non, infortuné Juif Errant de la poste, il marche
toujours : Calais, vingt minutes d'arrêt!... le contrôle! la
douane! En voiture!

« Paris, dix minutes d'arrêt,... vérification, contrôle! Gare
du Nord! Lyon-Ceinture, Lyon-gare, dix minutes d'arrêt. En
route!

« Le malheureux ne connaît que Londres beaucoup et
Brindisi trop.

« Personne plus que lui ne regrette le temps où la malle
anglaise prenait la mer à Marseille.

« Jugez donc! vingt-quatre heures de moins en wagon!
et toute une semaine à passer dans une des villes les plus
gaies du monde; tandis que, me disait-il avec amertume, *ça
n'est pas gai, Brindisi.* »

Depuis que ces lignes ont été écrites, le service a été un
peu modifié. Le même convoyeur anglais exécute toujours ses
voyages, il va toujours de Londres à Brindisi et de Brindisi à
Londres, mais il n'a même plus le plaisir de traverser la gare
du Nord et la gare de Lyon. L'établissement du chemin de fer

Transport des dépêches du bateau au chemin de fer, d'après une gravure de l'*Illustration*.

de Grande Ceinture permet à la malle de l'Inde de passer du réseau du Nord sur les rails du Paris-Lyon-Méditerranée sans traverser Paris. Pauvre convoyeur anglais, le voilà obligé d'attendre sa retraite pour pouvoir enfin visiter Paris, objet de ses rêves.

Mais revenons à notre ambulant. Parti de Paris à sept heures du soir, il est arrivé à Nice le lendemain.

Le train est à peine entré en gare que les sacs de lettres pour Nice sont déposés sur le quai, puis repris, mis en voiture et emportés au bureau de poste central.

Là a lieu une opération semblable à celle que nous avons décrite en parlant du bureau de l'arrivée de Paris. Les sacs sont ouverts, les lettres sont marquées d'un timbre indiquant le nom de la ville destinataire, Nice, et la date de l'arrivée. Puis les employés procèdent au tri par quartiers, les facteurs font leurs boîtes, et en route, à pied cette fois, pour leur distribution. Deux heures après l'arrivée du train en gare, votre lettre mise la veille à la boîte de la rue Miromesnil arrivera à destination. Elle aura passé par les mains d'un grand nombre d'agents, elle aura été successivement enfermée dans une boîte, dans une sacoche de cuir, dans un sac en toile, dans un tilbury, dans un wagon-poste, enfin dans la boîte du facteur, et tout ce travail, toutes ces manipulations, tous ces voyages ne vous auront coûté que 15 centimes.

CHAPITRE VII

FRANCHISE POSTALE

Quinze centimes, assurément c'est une bien petite somme. Malheureusement tout le monde ne les paye pas. Tous les objets de correspondance confiés à la Poste ne sont pas également soumis à la taxe. Il y en a un certain nombre qui voyagent en franchise.

C'est Louis XI qui, en organisant la poste en France, posa le principe de la franchise des lettres en décidant que : « quant aux paquets envoyés par ledit seigneur (Louis XI) ou qui lui seront adressés, lesdits maîtres coureurs seront tenus de les porter en personne sans aucun délai de l'un à l'autre, sans en prendre aucun payement ».

Que le chef de l'État puisse gratuitement user de la poste, rien de plus naturel. Mais, comme ce n'est pas le chef de l'État en personne qui écrit les lettres de service, cette franchise instituée par Louis XI a dû passer du souverain aux ministres et des ministres aux employés, si bien qu'aujourd'hui la transmission en franchise des documents officiels constitue pour les finances de l'État une perte considérable qui augmente d'année en année, et que tous les ministres sont impuissants à arrêter.

A diverses époques nous voyons les pouvoirs publics essayer

de restreindre les effets de la franchise postale, mais toujours ces efforts sont demeurés sans résultat.

En 1629 paraît un édit qui limite le privilège de la franchise aux lettres adressées au roi, au garde des sceaux et au ministre des finances. Cet édit n'est pas plus heureux que ceux qui l'avaient précédé, car bientôt les maîtres de poste se plaignent au roi de ce que beaucoup de personnes se font adresser leurs lettres sous le couvert d'ambassadeurs, qui, eux, jouissaient, par tolérance, de la franchise. Un nouvel édit intervient autorisant « maîtres courriers à lever et percevoir les ports de lettres et paquets sur toutes sortes de personnes généralement quelconques, conformément aux règlements des taxes du 16 octobre 1627, à la réserve toutefois des dépêches concernant le service de Sa Majesté qui s'adresseront à son chancelier, surintendant des finances, secrétaire d'État et intendant desdites finances ».

Les fraudes continuent. En 1721 le fermier général des postes affirme que les fonctionnaires se servent des cachets des personnes ayant droit à la franchise; il demande à être garanti contre les pertes d'argent que cette fraude lui fait subir.

Le 18 avril 1721, un arrêté du conseil décide que « le fermier général, ses préposés, ses directeurs et ses commis auront le droit, en cas de suspicion de fraude, de faire ouvrir, en leur présence, les lettres et les paquets par les destinataires ».

Pendant quelque temps cette menace parut produire un certain effet, mais bientôt le naturel reprit le galop, et beaucoup de personnages haut placés exprimèrent la prétention de jouir du privilège de la franchise postale. Le fermier général, qui se voyait lésé dans ses droits, s'adressa de nouveau au roi, et désigna, parmi les personnes qui refu-

saient de payer le port de leurs lettres, une certaine abbesse
de Saint-Antoine, cousine du roi.

Louis XV écrivit de sa propre main, en marge de la plainte
que lui adressait le fermier général, l'annotation suivante :

« Mon intention est qu'après avoir fait les honnestetés convenables à ma cousine de Bourbon, abbesse de Saint-Antoine,
vous lui disiés de ma part qu'elle doit paier les ports des
lettres qui lui sont adressées; et si, ce que j'ai de la peine
à croire, elle refusait d'exécuter mes ordres, vous retiendrés
toutes les lettres qu'on lui écrit, et vous en donnerés avis à
mon cousin le cardinal Fleury.

« Signé Louis.

« A Fontainebleau, ce 14 mai 1742. »

Louis XV était plus sévère pour les membres de sa famille
que pour ses ministres, comme paraît l'indiquer l'anecdote
suivante, que nous trouvons dans les Mémoires du comte
Beugnot.

« Jadis, dit-il, sous le ministère de Choiseul, on arrêta à
la poste un paquet adressé de Vienne, sous le couvert du
ministre des affaires étrangères et qui contenait une jolie
paire de pantoufles, qu'un employé des bureaux qui avait
habité l'Autriche adressait à une amie. L'administration prit
sur elle d'éventrer le paquet et la paire de pantoufles d'être
produite au grand jour. Le scandale parut trop fort, le
ministre fut averti. On députa vers Choiseul ce Jannel qui
faisait directement avec Louis XV le travail secret des
postes, et de qui on devait supposer que la présence impo-
serait un peu au ministre. Jannel se présente, explique sa
dénonciation et en établit les preuves. M. de Choiseul écoute,
regarde et dit à l'envoyé, en renforçant le ton hautain qui
lui était naturel :

« Je vous trouve, monsieur, bien insolent de venir jusque
« dans mon cabinet vanter l'excès le plus grave dont votre
« administration ait pu se rendre coupable! Vous n'avez
« trouvé dans le paquet, que mon contreseing aurait dû
« rendre sacré, qu'une paire de pantoufles. Qui vous dit
« que cette paire de pantoufles ne contenait pas le secret
« de l'État? Allez à l'instant dans mes bureaux, faites rétablir
« le cachet que vous vous êtes permis de rompre, et envoyez
« le paquet. C'est à cela que se réduit votre mission. Je veux
« bien vous pardonner pour cette fois. »

« Jannel ne manqua pas de porter sa plainte bien discrète
à Louis XV. Mais le roi ne prit pas feu, et avec cette justesse
d'esprit qui lui était naturelle :

« Il n'y a ici de torts, dit Sa Majesté, ni de part ni d'autre.
« Vous avez fait votre métier, Choiseul fait le sien[1]. »

Sous Louis XVI on semble vouloir ménager davantage les
finances de l'État.

Le 12 août 1787 le cardinal de Brienne, qui était à la tête
de l'administration des finances, diminua le nombre des personnes jouissant de la franchise postale.

« C'est, dit-il, avec peine que Sa Majesté retire à des
personnes qu'elle honore de sa bienveillance une faveur
dont elles ont joui; mais il en est aucune qui se permette
des regrets quand elle saura que la reine et les princes frères
du roi ont été les premiers à renoncer à leurs contreseings,
et que les sacrifices particuliers prescrits par ce règlement,
et qui sont peu sensibles à ceux qui les éprouvent, pro-
duiront par leur réunion une augmentation de plus d'un
million[2]. »

1. Comte Beugnot, *Mémoires*.
2. Belloc, page 244.

Le 24 octobre 1789 le président de l'Assemblée Nationale, Fréteau de Saint-Just, annonce que l'administration des Postes offre de remettre franco de port à tous les membres de l'Assemblée les paquets contenant des imprimés qui leur seraient adressés de province.

L'Assemblée remercie les administrateurs des Postes, mais refuse d'accepter la proposition qui lui est faite. Il faut croire que plus tard les représentants de la nation changèrent d'opinion, car en 1792 les membres de l'Assemblée Législative jouissaient de la franchise postale.

Sous le Consulat, des abus considérables sont signalés; mais comment y porter remède, alors que ceux qui s'en rendent coupables trouvent grâce devant le Premier Consul?

« Pendant la durée du congrès de Lunéville, dit Bourrienne dans ses Mémoires, le Premier Consul, informé que les courriers des malles transportaient une foule d'objets et surtout de provisions délicates pour les personnes favorisées, donna l'ordre que désormais le service des Postes fût seulement consacré au service des dépêches. Dès le soir même, Cambacérès entra dans le salon où j'étais seul avec le Premier Consul, qui avait ri d'avance de l'embarras où il mettait son collègue. « Eh bien, qu'y a-t-il donc à cette heure, Cambacérès?

« — Je viens vous demander une exemption à l'ordre « que vous avez donné aux directeurs des Postes. Comment « voulez-vous qu'on se fasse des amis si l'on ne peut plus « donner des mets recherchés? Vous savez, par vous-même, « que c'est en grande partie par la table qu'on gouverne? »

« Le Premier Consul en rit beaucoup, l'appela gourmand et finit par lui dire, en lui frappant sur l'épaule : « Consolez- « vous, mon pauvre Cambacérès, et ne vous fâchez pas : les « courriers continueront à transporter vos dindes aux truffes,

« vos pâtés de Strasbourg, vos jambons de Mayence et vos
« bartavelles! »

Cambacérès était un habile homme, car il avait réussi
à obtenir gratuitement non seulement le transport de ses
jambons, mais les jambons eux-mêmes.

Nous en trouvons la preuve dans un passage des Mémoires
du comte Beugnot. En 1808 le comte Beugnot fut envoyé à
Dusseldorf pour organiser le duché de Berg, que Napoléon Ier
destinait alors au fils du roi de Hollande, à qui l'empereur
portait une affection particulière.

« Je reçus de Bayonne, dit le comte Beugnot[1], l'ordre
de me rendre sur-le-champ à Dusseldorf pour y recevoir le
grand-duché des mains des ministres de l'ancien possesseur
et pour en prendre l'administration.

. . . .

« Lorsqu'alors on recevait des ordres, on ne vivait pas, tant
qu'ils n'étaient pas exécutés : je me décidai à partir dès le
lendemain. Je me rendis sur-le-champ chez l'archichancelier
pour prendre congé. Le prince me reçut avec sa grâce
accoutumée, fit des vœux pour le succès de cette nouvelle
mission, dans laquelle il me souhaita toute sorte de bonheur,
et il ajouta : « Mon cher Beugnot, l'empereur arrange les
« couronnes comme il l'entend, voilà le grand-duc de Berg
« qui passe à Naples, à la bonne heure. Je le trouve fort bien,
« mais le grand-duc m'envoyait tous les ans deux douzaines
« de jambons de son grand-duché, et je vous préviens que je
« n'entends pas les perdre; vous vous arrangerez en consé-
« quence. »

« Je proteste à Son Altesse que je me trouve très honoré
de remplacer en ce point le grand-duc de Berg, et qu'il s'en

---

1. *Mémoires* du comte Beugnot; Paris, Dentu. Tome I, page 289.

apercevra à mon exactitude. Oncques n'ai manqué d'acquitter
la dette aussi longtemps que j'ai administré le grand-duché,
et, si quelque retard survenait de la part de ceux que j'y
employais, Son Altesse faisait écrire par l'un de ses secrétaires à mon maître d'hôtel pour l'en gourmander vertement.
Ce n'est pas tout : il fallait aussi que ces jambons arrivassent
franc de port. J'étais obligé de les réunir à Cologne, d'où
on les confiait successivement aux courriers de la malle,
qui ne devaient en charger que deux à la fois. Ce petit
tripotage occasionnait des mécomptes qu'il me fallait
réparer, et il ne m'en aurait pas coûté davantage de payer
le port. Le prince ne l'avait pas permis. Il y avait un con-
cordat entre Lavalette et lui pour que les courriers appor-
tassent gratis de tous les points de l'empire les tributs qu'on
payait à sa table, et monseigneur tenait apparemment à
l'accomplissement de ce traité autant qu'à la fourniture des
jambons. »

Le comte Beugnot, auquel nous empruntons cette anecdote,
devint, sous la Restauration, directeur général des Postes.
Lui qui avait expédié en franchise des jambons à Cambacérès ne pouvait ignorer les abus que certains personnages
commettaient à l'aide de la franchise postale. Il examina la
question de près.

« Je fus frappé[1], nous dit-il, du nombre des ports francs
qui atténuaient singulièrement les produits. On ne peut
jamais bien calculer jusqu'où s'étend la franchise du port
attribuée à une dignité ou à une grande charge de l'État.
On le pourrait jusqu'à un certain point si la franchise
de la correspondance se bornait aux lettres et aux paquets véritablement adressés au dignitaire ou à l'homme

1. *Mémoires*, tome II.

en place; mais ses parents, ses amis et ceux de son secrétaire, et ceux des gens de sa maison usent et abusent du
contreseing, le plus souvent jusqu'au scandale.... »

. . . .

Le comte Beugnot résolut de reviser la liste des personnes
ayant droit à la franchise postale. Il eut à lutter contre la
cour, contre les chefs militaires, contre les principaux magis-
trats. « C'en était plus, dit-il, qu'il n'en fallait pour me fati-
guer et m'abattre;... j'espérais aide et appui du ministre des
finances, sous la juridiction duquel mon administration se
trouvait placée en ce qui tenait aux produits : il me fit défaut
pour cette fois; sa raideur avait ailleurs matière suffisante
à s'exercer. Il eut même, par un hasard singulier, un ton
modéré et presque de bonne compagnie. Il me dit : « Savez-
« vous que vous faites plus crier à vous seul que tous les
« autres directeurs généraux ensemble? Ces gens de la cour
« vous assourdissent du matin au soir sur votre compte. Je
« crains que vous n'alliez trop vite, il faut défendre les pro-
« duits, mais ne pas les irriter. »

Et le comte Beugnot dut céder. On céda tellement et si
bien que vers la fin de la Restauration l'envoi des lettres sous
le couvert du président par les membres de la Chambre des
députés causait au Trésor une perte de 900 000 francs par an,
et cette Chambre ne comptait que 450 membres.

Ces chiffres nous sont donnés par M. Étienne Arago, qui
en 1848 fut nommé directeur général des Postes.

« Les personnages les plus élevés, nous dit-il, ne se faisaient aucun scrupule d'envoyer en franchise des cadeaux
qui souvent même passaient la frontière. Je pourrais nommer un magistrat député qui faisait partir de Paris son linge
sale par la poste et recevait son linge propre par ce moyen
peu ruineux. Le jour de mon entrée, la malle-poste devait

9

emporter en Belgique une immense quantité de pots de confiture. »

M. Étienne Arago réprima les abus les plus criants, mais il est permis de penser que la réforme qu'il voulut opérer n'eut guère de succès. Sous le second Empire les abus reparurent et ils arrivèrent à un tel point que M. Delangle, procureur général, crut de son devoir de les dénoncer à la tribune du Sénat.

« C'est, dit-il, une propension trop naturelle chez nous de chercher à rejeter sur la communauté des dépenses qui ne regardent que les individus. Le moindre prétexte y suffit. Ceux qui n'ont aucun droit à la franchise postale en réclament l'usage; ceux qui sont appelés à en jouir taxativement, et dans l'intérêt limité de leurs fonctions, en abusent. Le contreseing couvre toutes les correspondances, quelles qu'en soient la nature et la destination. On ne peut s'imaginer à quel excès l'abus a été poussé. Une enquête faite en 1862 a révélé que les objets les plus étrangers aux fonctions publiques, des imprimés, des registres, des livres, des objets de toilette et, chose inconcevable, des pains de munition, ont, à l'aide du contreseing, voyagé gratuitement. — Sur 150 à 160 millions de paquets, 72 millions, représentant un chiffre de 40 millions de francs, ont été soustraits à la perception. — Dans quelle proportion s'est exercé l'abus[1]! »

Comment s'étonner de la proportion que cet abus avait prise, alors que vers la même époque le ministre des finances lui-même ne manquait pas de donner des instructions pour que la Poste lui apportât en franchise et avec le plus grand soin les pots de confiture et les fruits qu'il se faisait adresser à l'hôtel du ministère!

---

1. Séance du Sénat du 19 juin 1868.

Aujourd'hui, malgré les louables efforts tentés par M. Cochery et par M. Granet pour diminuer le nombre des personnes ayant droit à la franchise, l'usage de ce privilège
prive encore le Trésor de sommes considérables. — Mais il
convient de faire remarquer que, si la franchise officielle
était supprimée, il faudrait inscrire au budget de chaque
ministère des crédits très importants destinés à payer
l'affranchissement des lettres.

Le contrôle de ces crédits serait impossible et les abus
plus graves encore.

Une réforme qui serait facile à réaliser et qui allégerait
beaucoup les dépenses de la Poste consisterait dans l'emploi,
pour les lettres officielles, d'un format de papier beaucoup
plus petit que celui qui est en usage. Tous les jours il
arrive à la recette centrale de Paris des milliers de lettres
émanant des ministères. Ces lettres, qui souvent ne contiennent que quelques lignes, presque toujours imprimées
d'avance, représentent chacune par leur poids et par leur
dimension cinq et six lettres ordinaires. Il me serait facile
de citer de simples lettres de convocation à une commission ne contenant que six lignes de texte et pesant autant que quatre lettres simples. J'ai eu entre les mains
un dossier ayant voyagé par la Poste et contenant $2^{kg},300$ de
papier blanc. Cet abus du papier-ministre et des enveloppes-
carton s'appliquant tous les jours à des millions de lettres
constitue pour l'administration des Postes un embarras considérable et une dépense qui au bout de l'année se chiffre
par plusieurs millions.

Voilà une petite réforme sur laquelle j'appelle très hum-
blement l'attention des membres de la commission du
budget.

CHAPITRE VIII

Pour que les lettres puissent, sans éprouver aucun retard, effectuer le voyage que je viens de raconter, il faut que l'adresse soit inscrite lisiblement. Dans chaque courrier on trouve toujours quelques lettres qui, malgré le bon vouloir des agents chargés de la manipulation, ne peuvent être *immédiatement* envoyées à leur destinataire, uniquement parce que l'adresse est illisible ou incompréhensible.

A la recette principale de Paris il y a un employé qu'on appelle le *canon*. Le *canon* a la spécialité de déchiffrer les écritures que personne ne peut lire, ou de compléter les adresses qui sont trop sommaires. Voici une lettre adressée à M. le prince San-Severo en *son hôtel, Paris*. L'employé qui fait le *tri* ne connaît ni le prince ni son hôtel, il passe la lettre au *canon*, qui immédiatement complète l'adresse en ajoutant : Boulevard Maillot, 32, Neuilly-sur-Seine.

C'est que le *canon* est un almanach Bottin vivant et constamment à jour. Il vous dira combien de résidences possède le duc de La Rochefoucauld-Bisaccia et à quelle époque de l'année il se rend dans chacune d'elles.

Cependant quelquefois l'adresse est tellement incorrecte

que le *canon*, qui, lui, ne peut consacrer que quelques
secondes au déchiffrement d'une lettre, n'arrive pas à la
lire ou à la compléter.

Dans ce cas la lettre est envoyée au *bureau des rebuts*.

Entre parenthèse l'administration des Postes me permettra bien de lui dire que cette appellation n'est pas très
gracieuse. Voilà un des rares bureaux dans lequel le service
est fait presque exclusivement par des femmes,... et sur la
porte vous lisez les mots : Bureau des rebuts!

Encore une fois, c'est peu galant. Je sais bien que le mot
s'applique à la chose et non pas aux personnes; je sais bien
qu'il désigne les lettres qu'on déchiffre et non pas les
Œdipes qui se livrent à ce travail. Cependant il eût assurément été facile de trouver une enseigne plus heureuse et
surtout moins désobligeante pour les modestes jeunes filles
qui composent ce bureau.

Mais passons sur l'enseigne. Entr'ouvrons la porte et
donnons un coup d'œil dans la salle... des rebuts. Des
femmes sont assises autour d'une table. A côté d'elles nous
apercevons des loupes de toute dimension, des cartes géogra-
phiques, des dictionnaires, des annuaires. Un homme qu'on
appelle le *sphinx* et qui, à force de déchiffrer des énigmes,
a fini par prendre un peu le masque de l'emploi, dirige ce
bureau où aboutissent les lettres dont aucun employé n'a
pu lire un traître mot. Ce serait une erreur de croire que
tout le monde sait à peu près écrire l'adresse d'une lettre.

En pareille matière il faut faire la part de la distraction,
de la naïveté, de l'ignorance et de l'originalité. Il y a des gens
distraits qui, après avoir écrit avec soin une longue lettre
d'affaires, la mettent sous enveloppe, y collent un timbre,
puis la jettent à la boîte... en oubliant tout simplement d'y
mettre l'adresse.

Tous les jours on trouve dans les boîtes de Paris un
certain nombre de lettres qui n'ont absolument aucune
adresse.

Ce même fait se produit partout à l'étranger. En Angleterre, dans une seule année (du 1er avril 1885 au 31 mai 1886)
on a trouvé dans les différents bureaux de poste du Royaume-
Uni 26 928 lettres ne portant aucune adresse. Parmi ces
lettres sans adresse, 1620 contenaient 93 321 fr. 50 en
argent et en chèques.

Un jour une lettre arrive à Glasgow avec cette adresse :

« A M..., *à trois milles de l'endroit où les bestiaux sont vendus sur la propriété du duc de Buccleugh*[1]. »

Des exemples de ce genre ne manquent pas en France.

Un bon paysan écrit à un propriétaire qui l'avait occupé
pendant plusieurs jours et libelle ainsi sa lettre :

« A M..., demeurant *dans la maison auprès de laquelle il y a
un tas de neige.* »

Une petite fille dont la mère est très malade rédige une
prière pour demander à Dieu de la guérir, et sur l'enveloppe
elle écrit sans hésiter :

« *Pour le bon Dieu, dans le paradis (Ciel).* »

La Poste, allez-vous dire, sera bien embarrassée pour faire
parvenir cette lettre à destination. C'est mon avis, mais
ce n'est pas celui de tout le monde. Je soumettais un jour
cette difficulté à une petite fille qui porte le joli nom d'Alix
et que j'aime beaucoup, pour plusieurs raisons, dont la
principale est que cette petite fille... c'est la mienne.

« A la place du facteur, lui disais-je, tu aurais été

---

1. Nous empruntons ces détails au rapport officiel présenté au Parlement anglais
par le *postmaster general*. Nous remercions ce haut fonctionnaire de l'empressement avec lequel il a bien voulu nous adresser les documents que nous lui avions
demandés.

Le bureau des rebuts.

bien embarrassée pour apporter cette lettre au bon Dieu.

— Pas du tout, me répond l'enfant.

— Et comment aurais-tu fait?

— J'aurais attendu d'être morte, et alors je l'aurais apportée au bon Dieu. »

J'ai trouvé cette réponse si gentille, dans sa naïveté, que je n'ai pu résister au plaisir de la reproduire. Que celui qui n'a pas d'enfants me jette la première pierre.

Un brave cultivateur qui paraît répondre à une demande faite par annonce dans un journal écrit :

« A la personne qui a fait annoncer qu'elle avait à vendre un âne avec harnais et voiture. »

Et les illettrés? On pourrait faire un volume si l'on voulait reproduire toutes les adresses grotesques ou incohérentes qui passent tous les jours sous les yeux des employés du bureau des rebuts. Et cependant, la plupart du temps, ces employés arrivent à déchiffrer ces adresses si peu intelligibles. M. Pierre Zaccone, dans son livre sur la Poste, en cite plusieurs exemples fort amusants. Une lettre est mise un jour à la boîte de Paris, elle porte une suscription ainsi conçue : « *A M. Bernard, sultan, crète méditerranée* ».

Vous vous dites, n'est-ce pas, que cette adresse est incompréhensible. Sans doute elle est incompréhensible pour vous et pour moi; mais les Œdipes du bureau des rebuts ne sont pas embarrassés pour si peu de chose, et, après quelques instants de réflexion, ils rectifient l'adresse de la façon suivante : « M. Bernard, sur le *Tancrède*, en station sur la Méditerranée ». Un autre jour la poste de Paris reçoit une lettre portant ces mots : « Monsieur Leclusier Dela mannai pour Tiéchouraine abord Dalsoferino a flouvy Paris Siens ».

Pour le coup vous pensez bien que les employés du bureau

des rebuts ont donné leur langue au chien. Eh bien, vous
êtes encore dans l'erreur, et, lorsque la lettre est sortie de
ce bureau, on pouvait y voir l'adresse traduite de la façon
suivante : « Monsieur l'éclusier de la Monnaie, pour remettre
à Ticchoux (Aimé), à bord du *Solférino*, appartenant à Flouvy,
Paris (Seine) ».

Et que dites-vous de l'adresse suivante :

« Monsieur Clote Baucheron à Saint-Ouen d'hauberville
près la marne de ellie à la baulle a rauns. »

Vous ne comprenez pas? Eh bien, voici la traduction :

« Monsieur Claude Baucheron, à Saint-Ouen-de-Thouber-
ville (Eure), près la mare du sieur Ellie, par la Bouille, près
Rouen. »

Mais il n'y a pas que les distraits, les naïfs et les ignorants
qui donnent du fil à retordre aux employés du bureau des
rebuts; il y a encore les originaux. De même qu'il y a des
gens qui, ne pouvant attirer sur eux l'attention du public
par leur talent ou leurs qualités, cherchent à fixer les
regards de la foule par l'excentricité de leur mise (que
d'hommes soi-disant politiques dont la renommée n'a pas
eu d'autre cause), de même il y a des gens qui ont horreur
d'écrire les adresses de leurs lettres comme tout le monde,
et qui, même dans la suscription d'une lettre, s'efforcent de
se faire remarquer par quelque originalité bizarre ou ridicule.

Les uns écrivent l'adresse en travers de l'enveloppe et collent
le timbre-poste au milieu. Les autres s'amusent à employer
une écriture si fine que, pour la déchiffrer, les employés
des postes sont obligés d'avoir recours à la loupe.

Dernièrement un monsieur s'avise d'écrire une lettre...
sur un timbre-poste, et, sous prétexte que l'administration
n'a jamais imposé un format quelconque aux lettres, il émet
la prétention de faire porter son timbre-poste à domicile

comme une lettre. En droit cet original avait raison, et les
employés de la Poste ont dû, avec une loupe grossissante,
déchiffrer l'adresse qui, en caractères microscopiques, avait
été écrite au dos du timbre-poste.

On a vu des originaux libeller leurs suscriptions en grec,
en arabe, en chinois. L'administration des Postes est obligée
d'apporter ces lettres aux différentes ambassades étrangères
pour en faire traduire l'adresse.

Celui-ci, sous prétexte qu'il a mal aux yeux, ou que sa main
tremble trop pour pouvoir tenir une plume, écrit l'adresse au
crayon ; le crayon s'efface, et voilà les malheureux employés
de la Poste obligés à leur tour de s'abîmer les yeux pour déchiffrer des hiéroglyphes devenus informes. Celui-là, oubliant
le nom et l'adresse d'un homme de lettres auquel il écrit, met
bravement sur son enveloppe : « A l'auteur de tel ouvrage ».

La poste cherchera et... trouvera. N'est-ce pas son métier
de faire des prodiges?

Il arrive même quelquefois que l'envoyeur s'exprime dans
la langue des Muses et qu'au lieu de mettre simplement sur
l'enveloppe :

« M. Bernage, homme de lettres, rue de Bondy, 40 », il
écrive :

> Facteur que Mercure encourage,
> Porte ce léger billet doux
> A l'homme de lettres (Bernage),
> Qui saura te payer trois sous.
> Dans ton ardeur impatiente
> Vole, cours, et d'un pas hardi,
> Dans la rue appelée Bondy,
> Maison du numéro quarante.

En 1871 un jeune avocat, il s'appelait M. Boulay, tout frais
éclos de l'école, est chargé de défendre un soldat devant un
conseil de guerre.

Il gagne sa cause, et le soldat est acquitté. Notre avocat, désireux de faire oublier au pauvre militaire les angoisses par lesquelles il avait passé pendant la durée de sa prévention, l'emmène dîner avec lui à sa pension du quartier latin, à côté du Panthéon.

Deux ans après, le soldat, qui était rentré dans ses foyers, a besoin, pour je ne sais quelle affaire, des conseils d'un homme de loi. Il songe à l'avocat qui l'avait si bien défendu devant le conseil de guerre; malheureusement il a oublié son adresse. Il ne se souvient que de son nom et du Panthéon, dont il avait admiré la coupole pendant le fameux dîner auquel il avait été invité.

Il n'hésite pas, il écrit sa lettre et l'adresse : « A M. Boulay, au Panthéon », et la lettre est arrivée entre les mains de M. Boulay, qui habitait dans les environs du Panthéon.

Les lettres qui, malgré tous les efforts et toutes les recherches des employés du bureau des rebuts, n'ont pu être envoyées à leur destinataire, sont ouvertes d'office par des agents spéciaux, qui, après s'être assurés qu'elles ne contiennent ni billets de banque, ni effets de commerce, ni papier quelconque de valeur, les envoient au pilon pour être transformées en papier ou en carton.

Si le public commet souvent des fautes dans la manière de rédiger une adresse de lettre, la Poste à son tour se trompe aussi quelquefois dans la manière de lire des adresses qui sont fort correctes.

Ainsi il peut parfaitement arriver que les employés, pressés par l'heure du départ et ayant à peine le temps de lire les adresses, dirigent sur Toulouse une lettre destinée à Toulon, ou qu'ils expédient à Londres ou à Amsterdam une lettre adressée à une personne habitant à Paris, rue de Londres ou rue d'Amsterdam.

Ces erreurs peuvent avoir des conséquences fort regrettables. Pierre Zaccone raconte que vers l'année 1857 il y avait en garnison à Saint-Pol-sur-Ternoise, dans le Pas-de-Calais, un honnête soldat du nom de Gorand, qui, après avoir fait sept années de service, se disposait à prendre son congé pour rentrer dans ses foyers. Au moment où il allait quitter le régiment, il reçoit une lettre de son frère qui lui apprend que le malheur s'est abattu sur l'humble cabane où habitent ses vieux parents. Sa mère était malade, les bestiaux avaient été décimés par une épizootie, la misère menaçait tous ces parents au milieu desquels il avait hâte d'aller se reposer. Le pauvre soldat pleure amèrement, mais bientôt il reprend possession de lui-même, il va chez un agent de remplacement militaire et, en échange d'un nouvel engagement, il reçoit quinze cents francs. Il expédie immédiatement ces quinze cents francs à son frère et il part pour l'Algérie rejoindre son nouveau régiment.

Trois mois s'écoulent et il ne reçoit aucune réponse. Le pauvre soldat écrit à sa mère, lui raconte ce qu'il a fait pour lui venir en aide et lui demande de le rassurer sur l'envoi des quinze billets de cent francs que, dans son ignorance, il a simplement enfermés dans une lettre, sans la charger.

La réponse ne se fit pas attendre. Son frère lui apprend que sa mère va mieux, mais que la misère est toujours grande. Quant au prétendu envoi d'argent, il annonce laconiquement n'avoir rien reçu.

Le soldat croit deviner qu'on doute de lui. Le rouge lui monte à la figure, il se demande si son frère n'a pas soustrait l'argent et, sous cette inspiration, il dicte à un camarade une lettre violente, qu'il expédie aussitôt. Le lendemain il part pour une expédition contre les Arabes. Il était découragé, las de vivre, il cherche à se faire tuer et, au lieu de trouver la mort sur le champ de bataille, il y trouve la croix de la Légion d'honneur. «A une année de là, raconte Pierre Zaccone, Gorand vint avec son régiment à Paris. Un jour, comme il allait sortir de la caserne, il s'entendit appeler par le vague-mestre.

« Est-ce que vous ne vous appelez pas Gorand aussi? demanda ce dernier, qui tenait à la main un pli imprimé.

— Oui major, répondit le soldat avec un tressaillement involontaire.

— En ce cas voici une lettre à votre adresse. Comme il y a plusieurs Gorand au régiment, elle a été décachetée et j'ai pu voir que vous êtes appelé à l'administration des Postes, bureau des rebuts, pour affaire qui vous concerne. »

Gorand prit la lettre en tremblant, courut à l'appel qui lui était fait, et, arrivé au bureau des rebuts, il eut l'explication de ce mystère qui depuis une année pesait si cruellement sur sa vie.

La lettre qu'il avait adressée à son frère était là devant lui avec son contenu intact. La suscription en avait été écrite par un camarade de chambrée; elle était ainsi conçue :

« Monsieur Jacques Gorand, pour remettre à Madame veuve Gorand, à la Bastide, Canton de Marseille. »

Par une fatale fantaisie de l'écrivain peu expérimenté, le mot seul de Canton était apparent et parfaitement lisible. Et la lettre revenait de Chine.

Ces erreurs s'expliquent par la façon fiévreuse avec laquelle les employés sont obligés de travailler.

Mais que dirait M. Cochery si je lui apprenais qu'une lettre qui lui était adressée alors qu'il était ministre des Postes et Télégraphes, fut renvoyée au bureau des rebuts avec ce mot : *inconnu*?

La lettre était écrite en anglais. Elle était ainsi conçue :
« *Postmaster general, Paris.* »

Ce qui signifie : « M. le grand maître général des Postes,
ou M. le ministre des Postes à Paris. »

Un employé chargé de faire le tri des lettres, trompé par
le sens du mot *general*, écrivit au crayon : « Voir au *ministère de la guerre!!* » et au ministère de la guerre on répondit que le général Postmaster était inconnu!

Une autre fois une lettre adressée à

« M. Eugène, Régence, Paris »,

était envoyée au bureau des rebuts. L'employée de ce service, qui, en sa qualité de jeune fille, n'est pas obligée de
savoir qu'il existe, place du Théâtre-Français, un café
très connu appelé café de la Régence, renvoya la lettre à
la Régence de Tunis!

Ce sont-là des fautes lourdes sans doute. Mais jetez donc un
coup d'œil sur ce dessin qui représente la coupe de l'Hôtel
des Postes et réfléchissez un instant à tous les voyages qu'une
lettre est obligée de faire pour se rendre de la boîte aux
lettres jusqu'au destinataire. La lettre est mise à la boîte
(n° 1). Elle tombe d'elle-même dans le sous-sol de l'hôtel
(n°s 2 et 5); puis par un monte-charge (n° 6) elle est hissée
jusqu'au deuxième étage, d'où, après avoir été manipulée,
elle est précipitée (n° 9) d'une hauteur égale à celle des
tours de l'église Saint-Eustache, jusqu'au bureau de transbordement (n° 10), où le tilbury (n° 11) la prendra pour l'apporter au chemin de fer. On s'étonne, quand on songe à ce
voyage, que des erreurs plus nombreuses ne se commettent pas.

Les chiffres suivants donneront une idée de l'importance
du travail qui est fait par le bureau des rebuts.

En 1883 la poste a manipulé 1 383 779 334 objets de toute
nature.

Le bureau des rebuts a eu à examiner 2 521 088 de ces objets, dont, après un travail de revision, 1 374 588 ont pu être remis à destination. Le nombre total des objets de correspondance restés en souffrance a été de 1 146 500. Le rapport du nombre des objets restés en souffrance à celui de la circulation est de 0,08 pour 100.

Si le secret des correspondances a été jadis peu respecté, il est devenu aujourd'hui un principe sacré, que personne n'oserait violer. Le *cabinet noir*, dans lequel on décachetait autrefois les lettres, est une institution que tous les gouvernements modernes ont flétri.

Le cabinet noir a pris naissance en même temps que l'administration des Postes. Il a commencé par fonctionner d'une façon officielle et je dirai même légitime, puisque Louis XI avait pris soin de prévenir ses sujets que leurs lettres ne seraient transportées que si elles ne contenaient rien qui pût porter préjudice à son gouvernement. Mais bientôt on comprit ce qu'il y avait d'odieux dans ce procédé. On déclara que le secret des lettres serait respecté; mais en fait on conserva le cabinet noir. « Il paraît hors de doute que les anciens gouvernements y ont eu recours. Concini, Richelieu, Mazarin, Louis XIV, Dubois... n'étaient pas hommes à s'arrêter devant le cachet d'une lettre fermée[1]. »

Sous Louis XIV et Louis XV, ce que Beaumarchais appelait « l'art du ramollissement des cachets » fut pratiqué sur une large échelle. Fouquet, Mme de Sévigné, Saint-Simon, Mme du Hausset et bien d'autres nous en donnent la preuve irréfutable.

« Il ne sert de rien (écrit la mère du Régent) de cacheter les lettres avec de la cire; on a une espèce de

---

1. Maxime Du Camp.

Coupe de l'hôtel des Postes de la rue J.-J.-Rousseau.

composition faite avec du vif-argent et d'autres substances qui enlèvent la cire, et, lorsque les lettres ont été ouvertes, lues et copiées, on les recachète si adroitement que personne ne peut découvrir si elles ont été ouvertes. »

Le docteur Quesnay était si écœuré de ce système qu'il, dit un jour : « Je ne 'dînerais pas plus volontiers avec l'intendant des Postes qu'avec le bourreau ».

Louis XVI essaya de supprimer le cabinet noir. Ayant appris qu'un arrêté avait été rendu par le conseil supérieur du Cap (île Saint-Domingue), s'appuyant sur des faits contenus dans des lettres *interceptées*, il annula cet arrêté : « car, dit le roi, les lettres interceptées ne peuvent jamais devenir la matière d'une délibération; tous les principes mettent la correspondance secrète des citoyens au nombre des choses sacrées, dont les tribunaux comme les particuliers doivent détourner les regards[1]. »

Malgré ces belles paroles, le secret des lettres continua à être violé; aussi, lorsque les États généraux se réunirent à Versailles et que l'on dépouilla les cahiers du clergé, de la noblesse et du tiers état, partout on trouva le même vœu pour *la suppression du plus honteux des espionnages*.

L'Assemblée Nationale déclara que le secret des lettres était inviolable, et à diverses reprises elle renouvela cette déclaration. Cependant il est permis de penser que le cabinet noir n'a réellement complètement disparu que depuis une vingtaine d'années.

1. Belloc.

CHAPITRE IX

LA POSTE EN TEMPS DE GUERRE

Lorsque deux nations sont en guerre, une des premières préoccupations des combattants consiste, de part et d'autre, à interrompre les communications télégraphiques ou postales qui pourraient profiter à l'ennemi. L'envahisseur coupe les fils télégraphiques, barre les routes, enlève les rails et réussit quelquefois à établir autour des places fortes une véritable ceinture de fer à travers laquelle les hommes les plus hardis et les plus habiles ne peuvent presque jamais passer. Pendant ce temps, la nation qui est envahie multiplie ses efforts pour lutter contre l'ennemi, déjouer sa vigilance et rétablir ces communications, dont elle a tant besoin.

C'est le moment où les employés de tout grade des Postes et des Télégraphes sont appelés à faire preuve, au suprême degré, d'intelligence, de courage, de sang-froid, et quelquefois, comme nous le verrons, d'un véritable héroïsme.

Il suffit d'ouvrir l'histoire de France et d'y étudier les événements des cent dernières années pour y trouver la preuve officielle de cette préoccupation du gouvernement de chercher, dès qu'une guerre est déclarée, à priver l'ennemi de ses communications postales.

En 1796 la Vendée est en insurrection. Immédiatement le Directoire ordonne que, dans les bureaux de poste les plus limitrophes des communes sous la domination des Chouans, tous les paquets et lettres venant de ces communes y seront retenus.

En 1806 Napoléon décide le blocus des Iles-Britanniques, et le décret du 21 novembre 1806 porte que tout commerce et toute correspondance avec les Iles-Britanniques sont interdits.

En 1814 la France est envahie. Le 30 mars, au moment où les alliés allaient entrer à Paris, le comte de Lavalette recevait du duc de Gaëte la lettre suivante :

« Monsieur le Comte,

« Je pars pour me rendre auprès de Sa Majesté l'Impératrice. D'après les intentions de l'Empereur, vous devez, vu le péril dans lequel la capitale se trouve d'être envahie, vous en éloigner s'il est possible, ou tout au moins vous mettre en mesure de ne remplir aucunes fonctions pendant que Paris serait occupé par l'ennemi. Je vous invite à donner les mêmes instructions aux divers employés de votre administration.

« *Signé* : le duc de Gaëte. »

Le comte de Lavalette obéit; mais, un an après, le 26 février 1815, Napoléon Iᵉʳ s'échappait de l'île d'Elbe. Le 1ᵉʳ mars il débarquait au golfe Jouan et se dirigeait aussitôt sur Paris.

Dans la nuit du 19 au 20 mars, le roi Louis XVIII, apprenant que l'empereur est à Fontainebleau, quitte Paris. Le 20 mars au matin, le comte de Lavalette se présente à l'Hôtel des Postes et en prend possession au nom de l'empereur. Mais bientôt Waterloo amène de nouveau la chute de Napoléon. Louis XVIII rentre à Paris pour la seconde fois, et le comte de Lavalette, accusé d'avoir usurpé le pouvoir, *tandis que le roi était encore en France*, est arrêté, traduit devant la cour d'assises et condamné à la peine de mort.

« J'avais été fort lié avec Lavalette, dit à ce propos le maréchal de Marmont dans ses Mémoires; notre amitié ne l'avait pas empêché de se ranger parmi nos ennemis à la première Restauration, et je ne le voyais plus. Sa peine ne me paraissait pas devoir dépasser quelque temps de prison. J'en étais peu occupé, quand tout à coup le jugement rendu me fit connaître l'état des choses. Il m'est difficile d'exprimer ce que je ressentis à cet instant, et à quel point mon amitié pour lui se réveilla. Je me hâtai de m'offrir à lui pour faire toutes les démarches dans le but de le sauver. J'allai chez le roi et lui parlai avec instance et chaleur de ce malheureux, beaucoup plus victime des passions du temps que de ses erreurs et de ses fautes; mais le roi fut inexorable. Je lui apportai et lui fis lire une lettre où la conclusion de sa demande était d'être fusillé et non guillotiné.

« Le roi lut la lettre en entier, et me répondit avec sécheresse : « Non, il faut qu'il soit guillotiné! »

Mme de Lavalette résolut d'aller se jeter aux pieds du roi pour lui demander la grâce de son mari; mais, dès qu'on eut connaissance à la cour de ce projet, on donna l'ordre aux gardes du corps d'empêcher Mme de Lavalette d'entrer au château. Cependant, grâce au dévouement du général Marmont, Mme de Lavalette réussit à tromper la consigne et à pénétrer dans le palais, au moment où le roi était à la messe. Elle est reconnue, on veut la faire sortir, mais le maréchal Marmont la protège.

« Aussitôt la tribune de la chapelle ouverte, M. le baron

de Glandevès, major des gardes du corps, vint à moi pour me répéter que Mme de Lavalette était consignée. « Oui, lui « dis-je; mais apportez-vous l'ordre du roi de la faire « sortir? — Non, répondit-il. — Eh bien, répliquai-je, « elle restera. Le roi arriva. Mme de Lavalette se jeta à ses « pieds, et, en lui remettant son placet, elle cria : « Grâce, « Sire, grâce! »

« Le Roi, avec beaucoup de noblesse, mais avec fermeté, lui répondit ces propres paroles : « Madame, je prends part « à votre juste douleur, mais j'ai des devoirs qui me sont « imposés et je ne puis me dispenser de les remplir ». Et il passa.

La volonté du roi de faire *guillotiner* M. de Lavalette paraissait inflexible. Le 19 décembre le bourreau dressait l'échafaud. « Ce fut au moment où l'on était occupé à ces horribles préparatifs, dit le maréchal Marmont, que Mme de Lavalette exécuta la généreuse résolution dont le succès a été si complet, les circonstances si singulières et si dramatiques[1]. »

Les détails de cette évasion sont bien connus. Le 20 décembre à trois heures de l'après-midi, Mme de Lavalette se faisait transporter à la Conciergerie en chaise à porteurs. Elle était accompagnée de sa fille et d'une vieille servante. Deux domestiques fidèles remplissaient le rôle de porteurs.

Mme de Lavalette est introduite avec sa fille et sa servante dans la cellule du condamné à mort, auquel elles viennent dire un dernier adieu[2].

Le gardien, qui par discrétion n'a pas voulu assister à

---

1. Maréchal Marmont, *Mémoires.*
2. C'est dans cette cellule que plus tard, sous le second Empire, fut enfermé Orsini, condamné à mort pour attentat contre la vie de l'empereur. Orsini, la veille de sa mort, reçut dans sa cellule la visite de sa femme et de sa fille.

cet entretien, se tenait en dehors de la cellule, dans le couloir, d'où il pouvait entendre des sanglots déchirants.

Tout à coup on cogne à la porte de la cellule. Le gardien ouvre la porte, et Mme de Lavalette, accablée de douleur, à bout de forces, le visage couvert d'un mouchoir blanc, sort de la prison littéralement portée par sa fille et sa femme de chambre.

Le gardien, ému de cette douleur qu'il comprend, accompagne respectueusement la malheureuse femme jusqu'à sa chaise à porteurs. Puis il rentre dans la prison et se dirige vers la cellule de M. de Lavalette. Le condamné à mort était couché sur son lit, enveloppé dans un grand manteau, la figure entre les mains.

Le gardien respecte sa douleur et n'ose troubler la méditation dans laquelle le prisonnier semblait être plongé. Mais, au bout de quelques instants, il entre cependant dans la cellule et... il s'aperçoit que le condamné était Mme de Lavalette qui avait pris les vêtements de son mari. Immédiatement l'alarme est donnée. On ferme toutes les barrières de la capitale; on visite tous les hôtels. La préfecture de police met vainement en campagne ses plus fins limiers, personne n'arrive à trouver la retraite du fugitif, qui était caché chez un ami, dans la rue du Helder. Le 8 décembre, M. de Lavalette, revêtu de l'uniforme anglais et accompagné par trois notables anglais, MM. Bruce, résidant à Paris, le général Sir Robert Wilson, et le capitaine Hutchinson, sort de Paris dans un cabriolet découvert et gagne la frontière. Il était sauvé.

En février 1848 une révolution éclate à Paris. Le gouvernement du roi Louis-Philippe est renversé, et la république est proclamée. M. Étienne Arago est nommé directeur général des Postes par la foule, qui, à l'Hôtel de Ville, venait de

Évasion de M. de Lavalette.

proclamer le gouvernement provisoire. Il fallait une certaine dose de courage pour accepter ces fonctions et pour aller s'installer dans ce cabinet historique où bien des souvenirs rappelaient le nom de M. de Lavalette.

Étienne Arago n'hésita pas. « Si je ne sais pas, dit-il, comment est construite une boîte aux lettres, je sais que le dévouement et l'activité ne me feront pas défaut. »

Ses actes confirmèrent ses paroles. Le service de la Poste paraissait devoir être forcément interrompu. En effet, dans les rues, de tous côtés s'élevaient des barricades. A l'Hôtel des Postes le désarroi le plus complet; un grand nombre de chefs de service étaient absents, et la plupart des agents subalternes n'avaient pu se rendre à leur poste.

Étienne Arago arrive, fait appeler les chefs de service présents et leur dit : « Messieurs, il faut que les lettres partent ce soir. On portera les paquets à dos d'homme jusqu'aux barrières et, s'il le faut, je porterai moi-même le premier paquet. »

« A sept heures du soir toutes les malles-postes brûlaient le pavé des routes, emportant avec elles les dépêches qui allaient annoncer à la France entière la glorieuse victoire du peuple et la constitution du gouvernement républicain[1]. »

M. Belloc, dans son bel ouvrage sur *les Postes françaises*, auquel je suis obligé de faire de nombreux emprunts, raconte « que, grâce aux mesures prises par le nouveau directeur des Postes, la malle des Indes, partie de Londres, marcha, sous bonne escorte, de son point d'arrivée en France à son point dè sortie, en traversant les barricades encore debout et les populations soulevées.

« Par une lettre du 4 mars 1848, le vicomte Palmerston,

---

1. *Les Postes en* 1848, par Étienne Arago.

chef du Foreign Office, chargea l'ambassadeur d'Angleterre à Paris, le marquis de Normanby, d'exprimer à M. Étienne Arago la reconnaissance du gouvernement britannique pour les mesures qu'il avait prises dans cette circonstance[1]. »

Mais s'il a jamais été une époque pendant laquelle l'administration des Postes a eu à surmonter des difficultés vraiment prodigieuses, assurément ç'a été pendant ces jours néfastes auxquels le grand poète a donné le nom d'*Année terrible*.

Tous les Français connaissent l'histoire de cette désastreuse guerre de 1870 qui nous a coûté tant d'hommes, tant d'argent... et deux de nos plus belles provinces. Mais, à coup sûr, tout le monde ne connaît pas les difficultés sans nombre contre lesquelles l'administration des Postes a eu à lutter et les actes de courage et d'héroïsme qui, dans ces jours de deuil et de désespoir, ont été accomplis par un si grand nombre d'agents des Postes et des Télégraphes dont quelques-uns ont payé de leur vie leur fidélité au devoir et leur dévouement à la patrie.

Le 4 septembre 1870 la République est proclamée à Paris. Le gouvernement de la Défense nationale, se souvenant que par le *télégraphe on parle à tous les départements*, se hâte de nommer M. Steenackers directeur général des Lignes télégraphiques. Quelques jours après, M. Rampont était nommé directeur général des Postes.

M. Steenackers entre immédiatement en fonctions ; il relie les forts avec Paris, il établit des lignes souterraines, il crée la télégraphie militaire ; puis, son œuvre terminée à Paris, il part pour la province, où le gouvernement de la Défense nationale l'envoie organiser le service des postes et celui des télégraphes.

---

1. Belloc, *Les Postes françaises*, page 502.

La tâche qui incombait au nouveau directeur général était assurément des plus ardues. Mais M. Steenackers est un de ces hommes dont l'énergie et le courage sont à la hauteur de toutes les difficultés.

Son œuvre a été parfois attaquée, et cependant je n'hésite pas à dire que tous ceux qui, sans parti pris, étudient avec impartialité et bonne foi le rôle qui a été joué en 1870-1871 par M. Steenackers, sont obligés de rendre hommage au courage, à l'habileté, au dévouement, à la prodigieuse activité dont a su faire preuve celui qui, à cette époque si pénible de notre histoire, a eu l'honneur de diriger, je devrais plutôt dire de créer, le service des communications postales et télégraphiques dans la France envahie.

Je dis *créer*, car à ce moment il ne pouvait être évidemment question de se contenter d'assurer la marche habituelle des services tels qu'ils étaient organisés.

L'ennemi était sur notre territoire, et tous les jours la tache noire de l'invasion s'étendait sur nos départements. A chaque instant il fallait changer la direction des courriers, créer des lignes télégraphiques nouvelles pour remplacer les lignes tombées au pouvoir de l'ennemi, enfin et surtout il fallait essayer d'arriver jusqu'à Paris, ce Paris la tête et le cœur de la France, qui supportait si noblement de si cruelles épreuves. Il fallait en même temps improviser le service de la télégraphie aux armées, désigner les hommes qui composeraient chaque mission, les pourvoir d'un matériel suffisant.

Les hommes courageux et capables ne manquèrent pas. Ici M. Steenackers n'eut que l'embarras du choix. Mais, hélas! il en fut tout autrement lorsqu'il fallut trouver le matériel. On avait besoin de fil, d'appareils, de voitures. Rien de tout cela n'était prêt. M. Steenackers télégraphie dans les dépôts du génie et on lui répond qu'il n'existe pas un seul mètre de fil. Le voilà obligé d'envoyer chercher du fil à Londres et des appareils en Suisse. Mais ce n'est pas tout que d'avoir enfin ce matériel, qui est attendu avec tant d'impatience : il faut encore le transporter jusqu'à Tours, et voilà que la Suisse refuse de laisser sortir les appareils télégraphiques, les considérant comme des engins de guerre! M. Berthot, qui avait été chargé de ces achats, est obligé d'entrer en relation avec des contrebandiers pour faire entrer ces appareils en France.

Enfin il faut des voitures. On réquisitionne toutes les vieilles diligences disponibles, et tant bien que mal on les dispose de façon à pouvoir y établir les bobines à dévider et à enrouler.

Les missions de chaque corps d'armée sont prêtes; elles partent et bientôt, sous le feu de l'ennemi, elles feront bravement leur devoir et mériteront les éloges du général commandant en chef.

Mais il ne suffit pas d'organiser la télégraphie militaire, il faut absolument arriver à faire communiquer Paris avec la province.

C'est ici que l'habileté de M. Steenackers eut l'occasion de se déployer d'une façon spéciale.

Le directeur général des Postes et Télégraphes essaye de tous les moyens possibles. Il commence par immerger un câble dans la Seine entre Rouen et Paris. Cette opération, délicate entre toutes, qui devait être faite en secret et avec la plus grande rapidité, fut entreprise sur l'heure. Elle réussit. Voici que le câble fonctionne et que Paris peut parler à la province. Mais! hélas; ce bonheur n'est que de courte durée. Les Prussiens drainent la Seine, y trouvent le câble et le détruisent.

M. Steenackers ne se décourage pas. Il reçoit à Tours tous

les inventeurs de systèmes quelconques; il écoute toutes les propositions, les étudie une à une, les essaye à diverses reprises et n'y renonce que lorsqu'il lui est bien démontré que tout espoir de réussir est impossible.

Il faudrait un volume pour raconter tous les systèmes, tous les procédés auxquels on a eu recours. Ce qu'il y a d'admirable dans l'œuvre de l'administration des Postes de cette époque, c'est précisément la persévérance, l'obstination, l'acharnement qu'elle a mis à poursuivre sa tâche, à espérer contre toute espérance, et à redoubler d'efforts dans des circonstances où des hommes qui auraient eu moins d'énergie que M. Steenackers se seraient découragés. Aussi cette énergie a-t-elle été récompensée, et, après quelques semaines d'un travail opiniâtre, le directeur des Postes et des Télégraphes du gouvernement de la Défense nationale eut la joie, ainsi que nous allons le raconter, de voir ses efforts couronnés d'un plein succès.

M. Steenackers, nous l'avons dit, eut recours aux moyens les plus divers; il fit appel au dévouement des hommes, à l'instinct des animaux, à la puissance des machines.

Les hommes courageux et dévoués ne manquèrent pas.

« L'empressement était admirable; nous n'avions pas besoin de quérir les hommes de bonne volonté; il nous en venait de tous côtés, de toutes les classes de la société : les uns sollicités par un patriotisme ardent et le désir de se rendre utiles; les autres désireux de mériter une récompense honorifique, ne tentant l'aventure que pour gagner un ruban; d'autres voulant à tout prix rentrer dans Paris soit pour embrasser un être chéri, soit pour surveiller leurs affaires[1]. »

---

1. Steenackers, *les Télégraphes et les Postes pendant la guerre de* 1870-71.

M. Steenackers accueillit tous ceux qui lui paraissaient capables d'accomplir leur mission avec succès.

Les moyens employés par les messagers pour cacher les dépêches furent de toutes sortes. Chacun avait son idée, et M. Steenackers, dans le livre que j'ai déjà cité, indique les principaux. Il y avait d'abord la semelle des souliers : « on faisait faire des semelles exprès, contenant à l'intérieur du cuir une petite cavité doublée de plomb, on y enfermait les dépêches; cela fait, la semelle était recousue au soulier et il fallait mettre la chaussure en pièces pour trouver ce qu'elle cachait. C'est au moyen de ce procédé que M. Richard a pu traverser les lignes prussiennes, rentrer à Paris le 16 décembre et y apporter les dépêches qui lui avaient été confiées. »

D'autres messagers dissimulèrent leurs dépêches dans la visière d'une casquette, un bouton d'habit, la bordure d'un pantalon, un collet de redingote, le fer qui garnit la pointe inférieure d'une canne, un cigare perforé, une pipe en bois, la baleine d'un parapluie, le manche d'un couteau, une clef pour accorder les pianos.

Une dame eut même l'idée de cacher une dépêche dans une grosse dent qu'elle avait préalablement fait creuser par son dentiste. La dépêche une fois mise en place, la dent fut aurifiée avec soin !

Tous ces dévouements n'ont pas été inutiles, car, si beaucoup de ces messagers ont échoué dans leur généreuse tentative, quelques-uns ont réussi à pénétrer dans Paris.

Mais, hélas! plusieurs d'entre eux, après avoir supporté des fatigues sans nombre, ont payé de leur vie leur dévouement à la patrie. Les uns, comme Eugène de l'Isle, fils d'un ancien maire de Nantes, sont morts de fatigue pendant la route. Les autres, comme Armand Brare, gardien de bureau à Paris, ont été tués comme des malfaiteurs au moment d'arriver au port.

Brare avait réussi à sortir de la capitale assiégée pour livrer des dépêches à Saint-Germain et à Triel, et à rentrer à Paris. Il veut une seconde fois tenter la même expédition; il est fait prisonnier, s'évade et se rend à Tours. Il quitte cette ville porteur de dépêches pour Paris; le 14 du même mois, en traversant la Seine à la nage, il est atteint d'une balle à la tête. Ses enfants ont été adoptés par la nation.

Sur deux cents messagers qui ont été expédiés soit à Paris, soit dans d'autres places assiégées, c'est à peine si une quinzaine ont réussi à accomplir leur mission.

Je voudrais pouvoir citer les noms de tous ces braves, mais les documents complets font défaut et je ne puis donner ici que les noms que je trouve dans le livre de M. Steenackers.

Ayrolles (Étienne), courrier convoyeur des postes à Tours, a franchi le 28 les lignes ennemies en traversant la Seine à la nage; médaille d'argent de 2⁰ classe le 13 mars 1873; chevalier de la Légion d'honneur en janvier 1882.

Morel (Lucien). Ce n'est qu'après sept tentatives infructueuses que Morel a pu traverser les lignes prussiennes. Il a profité de la nuit et du brouillard et a dû se glisser entre deux sentinelles distantes d'à peine trente mètres, en portant sur ses épaules un bateau, qu'il a mis à l'eau, et dans lequel il a passé la rivière.

Richard (Henri) est entré à Paris le 17 novembre en traversant la Seine à Rueil; il avait caché ses dépêches dans la semelle de ses souliers et dans la visière de sa casquette. Richard, qui avait fait preuve de tant de dévouement et de tant de courage, s'est laissé plus tard entraîner dans l'armée de la Commune, où il accepta le grade de lieutenant-colonel, et, quoique son rôle paraisse s'être borné à empêcher tout excès dans le quartier dépendant de son commandement, il a été condamné à un an de prison pour port d'armes. C'est probablement pour ce motif que ce messager n'a pas reçu la récompense qu'il avait si bien mérité.

Provost (Ivan) était sorti à pied de Paris, a essayé d'y rentrer, on n'a plus eu de ses nouvelles.

Mouchet (Pierre) a réussi à entrer à Langres et à Belfort.

Vauthier (Gaston) a réussi à entrer à Langres.

Paul (Louis) et Jahn (François), marins, tous deux sortis de Paris par le ballon le *Parmentier*, y sont rentrés après un voyage de 21 jours, pendant lequel ils ont eu à supporter les plus dures épreuves.

Moutet (Abel) et Reginensi (Paul), également marins, sortis de Paris le 14 janvier par le ballon le *Bayard*, y sont rentrés ensemble le 28 janvier.

Gême (Charles-Cyrille), chargeur à Paris, sorti de la ville les 21, 24 et 27 septembre, a réussi à traverser les lignes d'investissement pour livrer des dépêches à Saint-Germain et rentrer à Paris; chevalier de la Légion d'honneur en juillet 1881.

Poulain, facteur à Paris, fait prisonnier et interné à Mayence. Médaille d'argent de 2e classe, 13 mars 1873.

Létoile (Simon), facteur à Fontenay-aux-Roses, est allé jusqu'à Evreux livrer des dépêches et a rapporté à Paris, le 28 septembre, celles qu'il avait recueillies; médaille d'argent, 13 mars 1873.

Loyet, gardien de bureau, tente à diverses reprises, lors de l'investissement de Paris, de franchir les lignes prussiennes. Ni le froid, ni la fatigue, ni les coups de feu qu'il reçoit ne le découragent. Le 30 septembre il entre dans l'eau à mi-corps dans la Seine, passe la nuit dans cette position et arrive le lendemain à livrer au bureau de Triel les dépêches dont il était porteur; médaille d'honneur d'argent, juin 1882.

Chourier (Louis), facteur à Paris, a rendu les mêmes services que le précédent.

Flamand (François), gardien de bureau à Paris, parti le 27 octobre, a franchi les lignes d'investissement entre Thiais et Choisy-le-Roi et s'est rendu à Tours; médaille d'argent, 13 mars 1873.

Dauvergne (Léonard), gardien de bureau à Paris, a suivi le même trajet que le précédent, qu'il accompagnait; médaille d'argent, 13 mars 1873.

Bécoulet (Étienne), facteur à Paris, fait prisonnier en essayant de passer les lignes ennemies, dépouillé de ses dépêches, puis relâché; s'est rendu à Tours.

Cette nomenclature assurément n'est pas complète, et personne ne connaîtra jamais le martyre de tant de braves qui, après avoir fait des efforts désespérés pour pénétrer dans la capitale, ont été tués au coin d'un bois par une sentinelle prussienne.

Consultez la liste officielle de tous les messagers volontaires de la guerre. A côté de plus d'un nom, vous voyez figurer ces mots lugubres : *disparu, n'a plus donné de ses nouvelles!*

Disparu! où? quand? comment? personne ne le sait, tout le monde cependant peut le dire. Oui, tout le monde peut le dire, car plus d'une fois, pendant la guerre, sur les bords de la Seine, entre Rueil et le Pecq, le paysan qui se rendait à son travail a découvert avec horreur le cadavre d'un homme absolument dépouillé de ses vêtements. C'était le cadavre d'un obscur employé des Postes, messager improvisé, qui n'a pas eu le bonheur de réussir dans sa courageuse entreprise, et qui, arrêté par une sentinelle prussienne, a été immédiatement jugé, condamné et exécuté. Ces messagers « disparus », ce sont des martyrs!

J'ai dit que M. Steenackers ne s'était pas contenté de faire
appel au dévouement des hommes, mais que, pour essayer de
communiquer avec Paris, il avait eu recours à toutes sortes
d'expédients. Tout d'abord et naturellement il avait songé à
utiliser le cours de la Seine. Les lettres étaient renfermées
dans des bûches qu'on laissait flotter sur l'eau et que le courant devait amener à Paris. Mais les Prussiens surveillaient
la Seine et la Marne; ils avaient établi sur divers points des
doubles et des triples filets qui arrêtaient toutes les épaves.
Un messager avait même assuré que l'ennemi ne brûlait les
bois de flottage et autres épaves ramassées dans ces barrages,
qu'après les avoir hachés et réduits à l'état d'allumettes lilli-
putiennes.

Un inventeur, M. de Castillon Saint-Victor (aujourd'hui
consul de France à Larnaca, dans l'île de Chypre), imagina
de construire des boules sphériques en zinc lestées de façon
à nager entre deux eaux. Ces boules étaient pourvues d'un
mouvement d'horlogerie, d'une espèce de montre-réveil.

Étant connus le point de départ des boules et Paris le point
d'arrivée, on montait la montre-réveil pour un parcours calculé suivant le courant à cinq, six, sept, dix ou douze heures.
La boule suivait l'eau à une profondeur moyenne, et, lorsque
la montre sonnait le point marqué, la détente laissait échapper
un ressort à boudin qui poussait hors du tube un petit drapeau tricolore destiné à attirer l'attention de ceux qui devaient
guetter l'arrivée. Sur ce drapeau étaient écrits ces mots : *à
porter à l'Hôtel de ville*[1].

Mais les glaces qui survinrent empêchèrent ce système de
réussir. Cependant, après l'armistice, quelques-unes de ces
boules furent retrouvées près de Corbeil. Elles contenaient

1. Steenackers.

sept cents lettres, qui furent transmises à leur destination.

On eut encore l'idée de recourir aux chiens de berger. On prit cinq chiens habitués à-conduire des troupeaux de bœufs dans Paris et on les expédia en province, sous la direction

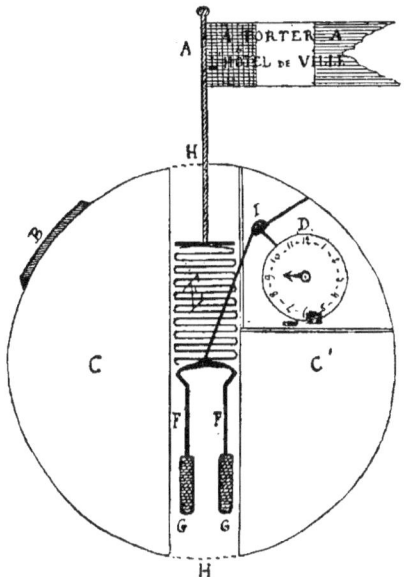

Boules de M. Castillon Saint-Victor.

A, pavillon tricolore avertisseur.
B, ouverture pour introduire les lettres et les dépêches.
C, C', emplacement réservé aux lettres et aux dépêches.
D, montre-réveil.
E, ressort à boudin.
F, F, tiges mobiles.
G, G, poids lesteurs.
H H, tube central, à vide.
I, détente du ressort à boudin.

de M. Hurel, par le ballon le *Général Faidherbe*. Parti de Paris le 13 janvier, le ballon le *Général Faidherbe* atterrissait à Saint-Avit (Gironde). Les chiens, après avoir été munis de colliers spéciaux dans lesquels on enferma les dépêches, furent lâchés aussi près que possible de Paris

Ont-ils été tués? Se sont-ils égarés? On l'ignore. Mais ce qui est certain, c'est qu'aucun d'eux n'est arrivé à Paris.

Mais, là où l'*ami de l'homme* a échoué, le modeste pigeon voyageur a réussi avec un succès qui a dépassé toutes nos espérances.

L'emploi du pigeon voyageur pour le transport des correspondances se perd dans la nuit des temps. Sans remonter à la colombe de l'arche de Noé, on n'a qu'à ouvrir les auteurs anciens pour y voir mentionner les services des pigeons voyageurs : « Pendant le siège de Modène, dit Pline, Decimus Brutus envoyait au camp des consuls des lettres qu'il attachait aux pieds des pigeons. Que servait à Antoine la profondeur des retranchements, la vigilance des soldats, les filets tendus dans toute la largeur du fleuve, quand le courrier prenait sa route vers le ciel! »

Au moyen âge les souverains musulmans de l'Égypte et de la Syrie possédaient une poste par pigeons voyageurs, fonctionnant avec une très grande régularité. M. Thième, dans son livre la *Poste des sultans d'Égypte*, prétend que Nour ed-Din avait à sa disposition des pigeons d'une race spéciale qui franchissaient, d'un seul vol, de longues distances, telles que celle de Damas au Caire.

Lorsque saint Louis débarqua à Damiette (1249), le sultan du Caire fut immédiatement averti de ce grand événement par des pigeons.

En 1575 la ville de Leyde est assiégée par Francisco de Valdès. Les Hollandais, à bout de ressources, ravagés par la famine et la peste, sont sur le point de se rendre. Tout à coup un pigeon arrive et apporte un message ainsi conçu : « Les digues de la Meuse et de l'Issel, bientôt percées, livreront passage aux eaux, qui viendront inonder les environs de la ville; une flottille de bateaux plats, chargés de vivres, fait route

pour Leyde ». Les habitants reprennent courage, et, lorsque
l'ennemi, qui ignorait l'arrivée de ce message, vient sommer
les assiégés de se rendre, il reçoit cette fière réponse : « Après
avoir mangé leur bras gauche, les habitants de Leyde défen-
dront encore leurs murs du bras droit ».

Francisco de Valdès, furieux de rencontrer une pareille
résistance, se préparait à donner un dernier assaut à la ville,
lorsque l'inondation le força de quitter le pays.

Au commencement de ce siècle, les pigeons voyageurs ont
été employés en France, en Belgique et en Angleterre pour
porter les ordres de bourse et les dépêches des banquiers.

Maurice Alhoy, dans son *Histoire des bagnes*, raconte comment un chevalier d'industrie nommé Baudin essaya de
frauder l'État à l'aide des pigeons voyageurs.

Baudin appartenait à une famille honorable; il était
homme du monde et joueur effréné. Après avoir subi longtemps les mauvaises chances de la roulette, il se réfugia dans
la loterie et, en réparation de ses pertes, il ne lui demanda
rien moins qu'un million, qu'elle lui donna.

« Baudin entre un jour dans un de ces bureaux, nombreux
alors, et remarquables par leurs façades couvertes de cadres de
toutes dimensions indiquant les numéros les plus heureux
ou les plus anciens ou ceux enfin qui, étant centenaires,
devaient, d'après les probabilités, sortir prochainement.

« C'était le jour de la clôture de Bruxelles, alors ville
française, et, quoique le tirage eût été fait la veille dans ce
chef-lieu du département de la Dyle, l'usage autorisait à
Paris les mises deux ou trois heures encore avant l'arrivée
de l'estafette porteur des numéros sortis de l'urne.

« Baudin jette quelques pièces de monnaie sur le bureau,
il dicte cinq numéros, il joue le *quine sec*, expression consa-
crée par le vocabulaire de la loterie impériale de France,

c'est-à-dire qu'il renonce aux chances de l'extrait, de l'ambe,
du terne et du quaterne.

« Trois heures s'écoulent. Une nouvelle circule de bouche
en bouche et parcourt la grande ville; l'association harmo-
nique, qu'on nommait *la Musique de la loterie*, fait entendre
ses discordantes aubades avec un entrain et un enthousiasme poussés jusqu'au délire, charivari horrible à ouïr
et annonce d'une grande victoire remportée par un joueur
sur le Trésor; des groupes se forment à la porte de tous les
bureaux de loterie, et bientôt tout Paris sait qu'un quine est
sorti et que le joueur a gagné un million. Ce joueur, c'est
Baudin.

« Comprenant que la loterie était un véritable impôt sur les
dupes, il avait voulu, pour un moment, changer les rôles. Le
problème était bien simple; il s'agissait d'avoir un courrier
plus rapide que l'estafette qui arrivait à Paris, porteur des
numéros sortis à Bruxelles, il fallait que le courrier arrivât à
Paris à une heure où il fût encore possible de faire sa mise.

« Le courrier officiel de Bruxelles venait par terre, Baudin
en eut un sous ses ordres qui vint par les airs; il avait l'avantage de l'agilité et le profit de la ligne droite. Cette estafette,
c'était un pigeon voyageur.

« Napoléon, qui n'aimait pas les razzias faites sur le Trésor,
fut, dit-on, le premier qui mit en doute la légalité de la dîme
qu'on prélevait sur les fonds impériaux; il ordonna qu'on
connût la vérité; la vérité fut connue, et le coupable trouva
au bagne de Brest son châtiment. »

Bien des personnes, vers la même époque, mais d'une façon
absolument licite cette fois, ont eu recours aux pigeons
voyageurs pour transporter rapidement des nouvelles importantes.

On prétend que la fortune de MM. de Rothschild provient

en grande partie de ce qu'ils possédaient une poste par
pigeons voyageurs qui leur permettait de connaître les
nouvelles politiques avant tout le monde et surtout avant le
gouvernement.

« En 1815, raconte M. Ternant, un messager apporta aux
maisons Rothschild de Londres et de Paris la nouvelle de
la défaite de Napoléon à Waterloo. Ces banquiers eurent le
temps, durant trois jours, d'acheter sur le marché de Londres
d'immenses valeurs à des prix avilis jusqu'au moment où la
fatale nouvelle put être connue du gouvernement lui-même.
Cette nouvelle, d'ailleurs transmise par le sémaphore anglais,
avait été interrompue par le brouillard après ces mots :
« *Wellington defeated* ».... ce qui fit croire à la défaite du cé-
lèbre général anglais et causa une baisse considérable sur
tous les fonds d'État, tandis que la dépêche complète disait :
« Wellington defeated the French at Waterloo », nouvelle que
MM. de Rothschild possédèrent seuls pendant trois jours[1]. »

Il est donc tout naturel que pendant le siège de Paris on
ait songé à utiliser les pigeons voyageurs pour communiquer
avec la province. C'est à M. Ségalas que revient l'honneur
d'avoir, le premier, proposé au gouvernement de la Défense
nationale d'organiser la poste par pigeons. M. Steenackers,
auquel il s'adressa et qui dans son enfance avait assisté à de
nombreux lancers de pigeons, lui fit le meilleur accueil et lui
donna toutes les autorisations nécessaires pour réaliser son
idée. Des pigeons furent recueillis et enfermés dans la tour
de l'administration centrale des Télégraphes, et, lorsque le
12 septembre il partit pour Tours, M. Steenackers emporta
avec lui un certain nombre de ces gentils messagers. Les
essais commencèrent aussitôt et furent heureux. Petit à petit

---

1. Ternant, *les Télégraphes*, Hachette, Paris.

le système fut perfectionné et arriva à donner les résultats merveilleux que les Parisiens qui ont enduré le siège n'oublieront jamais.

Au début les dépêches étaient écrites à la main sur du papier très mince et sur une seule face. Vers le milieu d'octobre un chimiste éminent, doublé d'un patriote ardent, qui pendant la durée de la guerre a rendu des services considérables, M. Barreswill, conçut, le premier, l'idée de réduire par la photographie les épreuves à transmettre. Cette innovation produisit les conséquences pratiques les plus heureuses.

M. de Lafollye, inspecteur des lignes télégraphiques, chargé de la direction de ce service, et M. Georges Blay, auquel le gouvernement avait confié le soin de surveiller l'opération délicate du lancer des pigeons, ont présenté après la guerre des rapports officiels auxquels je dois emprunter quelques détails.

Les dépêches étaient copiées avec beaucoup de soin, en gros caractères, puis collées sur de grandes feuilles de carton, de manière à ne pas perdre d'espace. Les cartons étaient ensuite ajustés sur des panneaux en bois et reproduits photographiquement dans une proportion telle, qu'une surface de 65 centimètres sur 1 mètre était représentée par une épreuve d'un peu moins de 4 centimètres sur 6, c'est-à-dire réduite à 1/300 en surface environ.

Cette opération était faite par un habile photographe de Tours, M. Blaise, qui s'est acquitté de cette tâche avec beaucoup d'intelligence et un désintéressement qui lui fait le plus grand honneur.

Le 4 novembre, le gouvernement, qui jusqu'à ce moment n'avait employé les pigeons que pour la transmission des dépêches officielles, voulut faire profiter le public de ce mode de correspondance. Comme bien on le pense, les dépêches privées affluèrent de toutes parts. Le problème se compliquait, car on ne disposait que d'un nombre très limité de pigeons. Pour le résoudre, M. Steenackers eut recours à un procédé ingénieux. Il fit imprimer toutes les dépêches privées en caractères typographiques n° 7, avec une justification de 87 centimètres de hauteur sur 25 de largeur, divisée en trois colonnes compactes. Ce travail était fait à Tours par les soins de la grande imprimerie Mame et plus tard à Bordeaux par M. Quantin, l'éditeur parisien dont tout le monde connaît aujourd'hui le nom. M. Mame comme M. Quantin rendirent en cette occasion de très grands services au gouvernement.

Les dépêches une fois imprimées, on les photographiait sur les deux faces du papier, ce qui permettait d'en doubler le nombre.

Le 12 novembre, M. Dagron, photographe, accompagné de M. Fernique, ingénieur civil, et de M. Poisot, peintre, quittèrent Paris en ballon pour venir à Tours essayer un système nouveau qui consistait à photographier les dépêches sur des pellicules. Malheureusement le voyage du ballon fut des plus difficiles. M. Dagron perdit en route une grande partie de ses appareils, et ce ne fut que plus tard, lorsque le gouvernement dut se transporter à Bordeaux, que M. Dagron, ayant réussi à se procurer les instruments qui lui étaient nécessaires, put faire ces photographies microscopiques dont les résultats ont été si prodigieux.

A un moment donné, M. Dagron a besoin de je ne sais quel produit chimique qu'il ne peut trouver qu'à Paris. Le 19 janvier on expédie un pigeon à Paris, et le 27 le produit chimique arrive à Bordeaux après avoir voyagé par ballon et par chemin de fer. En temps de paix et par les moyens ordinaires, la commande n'aurait pas été livrée plus rapidement.

Mais revenons à nos dépêches photographiées sur pelli-

cules. Ces pellicules étaient introduites dans un tube de
plume de 5 centimètres de longueur, qu'on perçait aux extré-
mités et qu'on fixait au moyen de fils de soie cirée à l'une
des plumes maîtresses de la queue du pigeon.

C'est à M. Georges Blay qu'est dû l'emploi d'un tube de
plume comme réceptacle des dépêches.

Quand les pellicules étaient parfaitement réussies, c'est-à-
dire quand elles étaient planes, on pouvait en mettre une quinzaine dans un tube. Lorsqu'elles étaient ridées et déformées,
on perdait un espace considérable, et le nombre des pellicules était diminué de moitié.

La première pellicule était roulée sur elle-même, et M. de
Lafollye, qui a personnellement opéré toutes ces manipulations, nous apprend qu'avec un peu de patience on ramenait
facilement cette pellicule à la grosseur d'une épingle. La
pellicule ainsi roulée servait d'axe au cylindre formé d'é-
preuves qu'on enroulait successivement l'une sur l'autre.

La moyenne du contenu d'une pellicule était au minimum
de 2500 dépêches. Un tube chargé de douze pellicules contenait environ 30 000 dépêches.

Un pigeon expédié à Paris le 21 janvier y apportait 38 700 dépêches, représentant une valeur de plus de 300 000 francs. Un
autre, arrivé le 3 février, était porteur de 18 pellicules, contenant 40 000 dépêches. Malheureusement ces dépêches faisaient quelquefois double emploi avec celles qu'un pigeon
avait précédemment apportées. Et en effet l'administration
des Postes, qui connaissait toutes les difficultés que ses messagers ailés étaient obligés de surmonter pour arriver jusqu'à
Paris, expédiait plusieurs fois les mêmes pellicules afin
d'avoir plus de chances de faire parvenir à destination les
nouvelles de la province.

C'est ainsi que certaines dépêches ont été réexpédiées jusqu'à trente-neuf fois. Les tubes contenaient souvent, à côté des dépêches privées, des numéros entiers du *Journal officiel* reproduits microphotographiquement sur des pellicules Dagron. Quelquefois aussi le journal anglais le *Times* a eu le privilège d'être expédié à Paris par cette voie exceptionnelle. Mais il est juste d'ajouter que dans ce cas le *Times* qui était adressé à M. Washburne, ministre des États-Unis à Paris, contenait une page entière d'annonces destinées à donner à différentes familles parisiennes des nouvelles de leurs parents de province.

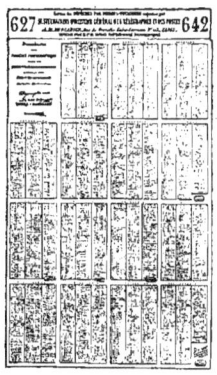

Pellicule
contenant 2500 dépêches.

M. Washburne, avec un dévouement qui a rendu son nom si populaire à Paris, faisait parvenir chacune de ces annonces à destination, et grâce à lui plus d'une mère a versé des larmes de joie en apprenant que ses enfants, soldats dans un régiment quelconque, étaient encore sains et saufs.

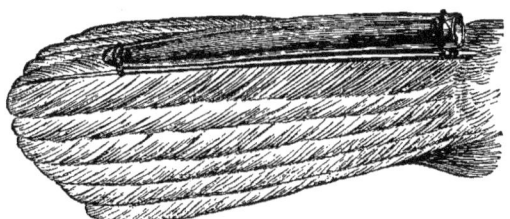

Tube contenant les dépêches et fixé à la queue des pigeons.

La lecture des dépêches à Paris s'opérait d'une façon très simple.

« Au milieu d'une salle obscurcie à dessein, se trouvait une plate-forme montée sur châssis. Sous la plate-forme étaient

installées les piles destinées à produire la lumière électrique
servant de foyer lumineux contenu dans un appareil terminé,
à l'avant, par un corps de lunette dirigeant le jet de lumière
sur un transparent plaqué à la muraille. Le jet de lumière
était coupé dans sa course par la dépêche introduite et pressée entre deux glaces, et, sur le transparent, se reproduisaient
en caractères d'affiche l'écriture de la dépêche. Ainsi chacun

Lecture des dépêches sur pellicules.

des seize casiers qui composaient la pellicule, apparaissait
dans les dimensions de 40 centimètres carrés, et il en résul-
tait un grossissement de 160 fois l'original[1]. »

Vers la fin du siège, les difficultés que les pigeons rencon-
traient devinrent telles, que le service de la poste aérienne fut
presque supprimé de fait. Ainsi du 7 janvier au 1er février on
expédia à Paris 64 pigeons, 3 seulement arrivèrent le 8 et
le 21 janvier et le 3 février. Que sont devenus les autres? Ils

---

1. Ternant, *les Télégraphes*, Hachette, Paris.

sont morts à la peine, morts de froid, morts de soif, éventrés

Pigeonnier militaire du Jardin d'Acclimatation. (Gravure extraite de *l'Illustration*.)

par une balle prussienne ou déchirés par un de ces faucons
que nos ennemis avaient dressés pour leur donner la chasse.

« Le prince Frédéric-Charles se montra particulièrement acharné à la destruction des pigeons. Il faisait tuer incontinent tous ceux que le hasard amenait entre ses mains. Un seul, captivé dans un ballon échoué au milieu de son armée, trouva grâce devant lui. Le prince l'envoya à sa mère, qui le mit dans une volière, au milieu de plusieurs de ses congénères teutons. Mais un jour, quatre ans après! l'oiseau patriote, trouvant la porte ouverte, s'échappa; puis, après s'être orienté, s'envola à tire-d'aile vers la France, et vint s'abattre en quelques heures à son colombier de la rue de Clichy. Il est mort en 1878, au Jardin d'Acclimatation[1] », où est installé le pigeonnier militaire.

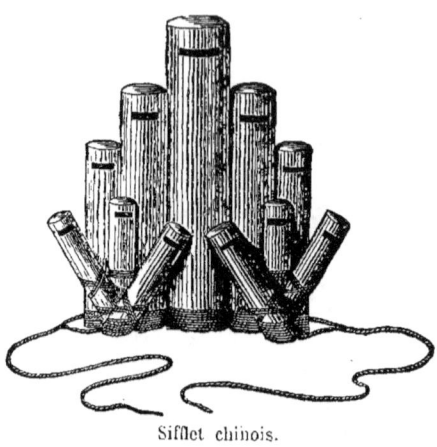
Sifflet chinois.

Un officier de marine avait indiqué un procédé qui est employé en Cochinchine pour préserver les pigeons contre les oiseaux de proie. Ce procédé consiste à placer sur le dos du pigeon un petit roseau formant sifflet. Il paraît que les Chinois chargent leurs pigeons voyageurs d'un instrument qui se compose de six ou huit de ces tubes. Sous l'impulsion puissante du vol du pigeon, l'instrument produit un bruit sauvage qui effraye les oiseaux de rapine.

Mais les colombophiles de Paris prétendirent que ce bruit étrange n'effrayerait que le pigeon et ils refusèrent d'expérimenter le sifflet chinois.

1. Belloc, *les Postes françaises*.

Il faut avoir assisté au siège de Paris pour se faire une idée de l'enthousiasme et de l'émotion avec lesquels les pigeons voyageurs étaient reçus.

> Deux millions de détenus
> Attendent qu'un ramier réponde,
> Et la cité reine du monde
> Demande : « Êtes-vous revenus[1] ? »

Les pigeons de la République... « ils sont les colombes de cette arche immense battue par des flots de sang et de feu. La

Pigeon voyageur.

frêle spirale de leur vol dessine dans les airs l'arc-en-ciel qui prédit la fin des tempêtes. L'âme de la patrie palpite sous leurs petites ailes. Que de larmes et de baisers, que de consolations et que d'espérances tombent de leurs plumes mouillées par la neige ou déchirées par l'oiseau de proie ! En revenant à leur nid, ils rapportent à des milliers de nids humains l'espoir, l'encouragement et la vie. Plus que jamais aujour-

1. Eugène Manuel, *les Pigeons de la République*.

d'hui, et dans le sens le plus pur du mot, ils sont les oiseaux de l'amour[1]. »

Que de fois n'avons-nous pas vu, malgré le froid et la neige, des masses d'hommes, de femmes et d'enfants attendre, presque en silence, autour du colombier de la rue de Grenelle, l'arrivée problématique d'un pigeon, et, si par hasard ce pigeon apparaissait tout à coup dans les airs, avec quelle anxiété, avec quelle crainte de l'effaroucher, avec quel respect pour le message dont il était porteur, ses moindres mouvements étaient observés!

Le malheur avait fini par nous rendre superstitieux, et, de même que jadis les Romains, dans les grandes circonstances de leur vie, interrogeaient le vol des oiseaux pour connaître à l'avance le sort qui leur était réservé, le peuple de Paris, pendant ces jours de lutte terrible, épiait le vol de ses pigeons pour chercher à savoir, avant l'heure, si sous son aile palpitante « *l'oiseau de paix enrôlé pour la grande guerre* » nous apportait l'annonce d'une victoire ou la nouvelle d'un désastre.

Un jour un pigeon arrive à tire-d'aile sur Paris. On le voit, on le signale. Dans les Champs-Élysées une foule énorme le suit des yeux. Tout à coup le pigeon va se camper fièrement sur l'Arc de Triomphe. On applaudit, on s'interpelle, on pleure, on crie. « C'est la victoire, c'est la délivrance. » Hélas non! ce n'est pas la délivrance. Le pigeon n'apporte la nouvelle d'aucune victoire, mais grâce à lui, demain, plus de quarante mille personnes apprendront que sur tout le territoire français chacun a fait son devoir.

Sans doute ces pigeons voyageurs que nous aimons tant, parce qu'ils ont sauvé Paris de la famine des nouvelles, ces

1. Paul de Saint-Victor, *les Pigeons de la République.*

pigeons que nous transformons volontiers en héros et en martyrs quand nous songeons aux souffrances qu'ils ont endurées,
ces pigeons qui ont été nos auxiliaires les plus précieux ont
simplement obéi à l'instinct qui les attire vers le colombier où
ils ont été élevés.

S'ils revenaient si vite à Paris, c'était pour y retrouver leur
nid, et certainement pas pour nous apporter nos dépêches ; et
cependant le hasard a voulu que le pigeon qui a accompli le
plus rapidement sa course soit précisément celui qui nous a
apporté la nouvelle de la victoire de Coulmiers. Parti de la
Loupe à dix heures du matin (10 novembre), il est arrivé à
Paris quelques minutes avant midi.

Un colombophile, M. Cassier, avait fait don à l'administration des Postes d'un pigeon auquel il avait donné le nom de
Gambetta. Jamais nom ne fut plus vaillamment porté. Le
Gambetta, sorti quatre fois de Paris en ballon, y est rentré
quatre fois porteur de dépêches.

Il semble que tous ces services auraient dû nous inspirer
une grande reconnaissance pour les pigeons de la République. Paris, disait M. Paul de Saint-Victor, devrait recueillir
les couvées de leur colombier, les abriter, les nourrir sous
les toits de l'un de ses temples, et Edgar Quinet estimait que
désormais sur le blason de la ville de Paris on devait apercevoir un pigeon volant au-dessus du navire qui est battu par
la tempête, mais qui ne sombre jamais.

Hélas ! notre ingratitude a été bien grande : le blason de
la ville de Paris n'a pas été modifié, les couvées des pigeons de la République n'ont pas été recueillies, et les
pigeons eux-mêmes, après avoir été conservés pendant quelque temps dans divers colombiers, ont fini par être vendus
par l'administration des Domaines au prix de 1 fr. 50 à 2 francs
pièce !!!

Les pigeons « aux ailes desquels tous les cœurs de la grande ville ont été suspendus » n'auraient pu nous rendre aucun service si le gouvernement n'avait songé, dès le commencement du siège, à organiser cette armée d'aéronautes dont le courage a été si admirable.

Je sortirais de mon sujet si j'entreprenais de raconter ici le voyage de tous les ballons du siège. Je ne le ferai donc pas, mais je ne puis résister à la tentation de citer en passant quelques noms et quelques faits d'armes. Mon livre est destiné aux jeunes gens. Il est bon que ceux qui sont l'espoir de la patrie sachent comment, au jour du danger, se sont conduits leurs concitoyens qui les ont « précédés dans la carrière ».

Les premiers ballons furent conduits par des aéronautes de profession, Jules Duruof, Gabriel Mangin, les deux frères Tissandier, Trinchet, les deux frères Godard, puis Godard père, qui, malgré ses soixante-dix ans, n'hésitait pas à partir le 11 octobre à bord du *Godefroy Cavaignac*, emportant M. de Kératry et ses deux secrétaires.

Le ballon, après avoir dépassé le donjon de Vincennes, planait au-dessus d'un camp prussien lorsqu'il fut salué par une vive canonnade. M. Godard envoie trois sacs de lest sur le nez des Prussiens et s'élève immédiatement à plus de 6300 mètres. Après quelques heures de navigation, nos voyageurs aperçoivent une plaine déserte. Ils trouvent l'occasion excellente pour descendre, d'autant plus que leur ballon avait été très fatigué par la réverbération du soleil, qui avait dilaté le gaz. M. Godard tire la soupape, il descend, mais voilà qu'au moment de toucher terre il aperçoit... un régiment prussien. Pas possible de remonter. Nos voyageurs touchent terre, mais, grâce à la présence d'un petit bois dans lequel ils peuvent se cacher et grâce surtout à leur énergie à toute épreuve, ils réussissent à se sauver eux, les dépêches, les pigeons et le ballon.

Quand on n'eut plus à Paris d'aéronautes, on en improvisa. L'amiral La Roncière Le Nourry proposa de prendre des marins, qui, « habitués à tous les périls de la navigation, ne feraient que changer d'élément et de milieu ».

On suivit ce conseil et les marins prouvèrent par leur conduite qu'ils étaient bien dignes de la confiance de leur amiral.

Quatre d'entre eux, Paul (Louis), Jahn (François), Reginensi (Paul) et Moutet (Abel), ne se sont pas contentés de sortir de Paris en ballon. Ils y sont rentrés après des péripéties sans nombre.

Paul et Jahn ont mis 21 jours pour se rendre de Bordeaux à Paris. Tour à tour marchands de bœufs, marchands de vin, chiffonniers, ils réussissent à déjouer la vigilance des Prussiens. Les voilà tout près de Paris lorsque à Carrières-Saint-Denis ils sont trahis par un mauvais Français qui dénonce leur présence à l'ennemi. Les Prussiens les arrêtent; nos deux braves marins sont enfermés dans une cabane de jardinier au bord de la Seine avec deux sentinelles à la porte.

Le hasard veut qu'une de ces sentinelles soit un Polonais, père de six enfants. Ce brave homme s'apitoie sur le sort de nos compatriotes, qu'on va fusiller entre onze heures et midi; il leur passe un ciseau à froid. Paul et Jahn font sauter la serrure, se jettent à la Seine et arrivent à Paris porteurs de leurs dépêches, qu'ils avaient su habilement dissimuler.

Reginensi et Moutet ont accompli un voyage analogue. Eux aussi sont marins. Eux aussi sont sortis de Paris en ballon. Ils estiment qu'ils n'ont pas encore fait assez pour leur pays, et les voilà en route pour Paris. Oh! ce fut un rude voyage.

A partir des bois de Velizy ils n'ont plus marché qu'à plat
ventre, sans pouvoir trouver de nourriture pendant trois
jours. Ils ont quand même poursuivi ce voyage héroïque,
rencontrant tous les 25 mètres un factionnaire et tous les
100 mètres un poste. Pressés par la faim, ils se décident à
essayer de passer en plein jour, ils sont découverts, on les
poursuit et ils réussissent cependant à se dissimuler dans
une cachette, où ils attendent l'arrivée de la nuit pour se
remettre en route. Au lever de l'aube ils sont dans le Bas-
Meudon, ils aperçoivent « *la dorure du dôme des Invalides* » ;
immédiatement ils s'élancent dans la plaine et reçoivent à
la fois des balles françaises et des balles prussiennes. Aucune
d'elles ne les atteint, et ces deux courageux marins entrent
dans Paris et remettent au gouvernement les dépêches dont
ils s'étaient chargés.

Voilà qui est beau, n'est-ce pas? Eh bien, il y a quelque
chose de plus beau encore, c'est la modestie avec laquelle
ces marins, dans leur rapport officiel, rendent compte
de leur mission. Ah! ces braves messagers n'ont pas perdu
leur temps à écrire les mémoires de leur voyage. En quinze
lignes ils ont dit tout ce qu'ils avaient à dire, et encore
s'excusent-ils d'avoir fait un rapport trop long.

Les rapports des marins Paul, Jahn, Reginensi et Moutet
méritent d'être conservés. Je les recommande au professeur
qui le premier fera un volume de morceaux choisis à l'usage
des écoles. En lisant ces lignes si éloquentes par leur
brièveté, nos enfants apprendront comment il a suffi à
quatre simples marins français d'être animés du plus pur
patriotisme pour devenir immédiatement des modèles de
courage, de modestie et d'éloquence.

Puisque je parle des marins qui se sont transformés en
aéronautes, il faut bien que je dise un mot du pauvre Prince,

qui, lui aussi, appartenait aux équipages de la flotte, et qui,
le 28 novembre, à onze heures du soir, est parti de la
gare d'Orléans à bord du *Jacquard*, ballon cubant 2000 mètres.

Depuis plusieurs semaines, nos ballons n'avaient pas été
heureux dans leur voyage, car presque tous s'en allaient
atterrir bien loin de Tours et de Bordeaux.

Le 21 novembre, le gouvernement fait partir l'*Archimède*,
et l'*Archimède* tombe en Hollande. La *Ville d'Orléans* lui
succède. Elle part le 24 novembre, emportant à l'armée de
la Loire l'ordre de marcher en avant, et ce ballon s'en va
tomber dans un village de Norvège à 100 lieues au nord de
Christiania, après avoir accompli la plus extraordinaire des
traversées aériennes.

Le même jour, le gouvernement expédie l'*Égalité*, montée
par M. Wilfrid de Fonvielle. L'*Égalité* touche terre en
Belgique. Et pendant tout ce temps Gambetta est sans
nouvelles. Tout à coup un pigeon arrive, il apporte une
dépêche de Gambetta, qui est ainsi conçue : « Nous sommes
sans nouvelles et ne savons que faire; envoyez un ballon
coûte que coûte ».

Immédiatement on gonfle le *Jacquard*, et le marin Prince
est désigné pour le conduire. L'heure du départ arrive.
Toutes les autorités sont réunies dans la gare d'Orléans.
On serre la main au brave marin, et la foule qui au dehors
se presse dans les rues, en apercevant le ballon qui commence
à s'élever majestueusement dans les airs, pousse des hourras
frénétiques.

Le solennel « lâchez tout! » va être prononcé, des milliers
de têtes se découvrent, et de tous côtés des voix amies
adressent un dernier adieu au marin et le chargent
d'apporter à la province les encouragements de la capi-

tale : « Bonne chance, Prince, bon voyage. Dites à la province que Paris tient bon ».

« Je vais faire un immense voyage dont on parlera, s'écrie Prince. Vive la République! »... Et le ballon disparaît dans la nuit.

Le lendemain, en mer, le *North*, trois-mâts anglais,
Qui portait du charbon de Bristol à Calais,
Dans le tourbillon noir d'une bourrasque énorme,
Vit choir du haut des cieux quelque chose d'informe,
Qui semblait un grand aigle étendu sur le dos. —
L'épave surnagea quelque temps sur les flots ;
Et, comme elle passait presque dans le sillage,
Le patron, John Goldsmith, homme prudent et sage,
Du haut du banc de quart crut entendre des cris
Et voir un bras sortir du milieu des débris.
— La neige était épaisse, et la mer était haute ;
Le courant était rude et portait à la côte.
Peut-être le canot serait avarié....
Puis c'était en français que l'homme avait crié !
Il ne fit rien. — Jamais nul ne revit l'épave.
Français, découvrez-vous, elle emportait un brave !

Le *Jules Favre*, qui partit deux jours après le *Jacquard*, faillit avoir le même sort. Il était monté par un négociant, M. Martin, et par un passager, M. Ducauroy. Poussé par un vent d'est excessivement violent, les aéronautes se trouvèrent, au lever du jour, en pleine mer. En entendant le bruit confus des vagues et de la tempête, ils comprennent qu'ils sont perdus. Tout à coup ils aperçoivent un point noir au milieu de l'océan, c'est Belle-Isle en mer. Mais comment arriver à temps, ils sont à 2500 mètres de hauteur. M. Martin prend une résolution héroïque. « Puisque nous sommes perdus, dit-il à son compagnon, il n'y a pas à hésiter »; et, s'élançant dans les cordages, il évente le ballon d'un coup de

couteau. Le ballon se précipite immédiatement vers la terre.
La descente est vertigineuse, le choc épouvantable. Mais
heureusement qu'au moment de toucher terre le ballon
accroche contre un mur. Les aéronautes sont à moitié tués.
Mais leurs dépêches sont sauvées, ils ont fait leur devoir.

L'avant-dernier ballon expédié de Paris, le *Richard Wallace*,
eut également une fin tragique. Comme le *Jacquard*, il était
monté par une seule personne, par le soldat Lacaze.
Le 27 janvier, à trois heures trente du matin, il partait de
la gare du Nord. Ce même jour, vers deux heures de l'après-
midi, il fut aperçu aux environs de Niort, s'approchant de
terre. « L'aéronaute, à qui l'on criait d'atterrir, lança
des paquets du *Moniteur officiel*, et repartit dans les airs.
On le vit plus tard au-dessus d'Angoulême, à une assez
grande hauteur, et là encore il jeta une foule de papiers.
Puis, que se passa-t-il, c'est un secret que jamais on ne
saura.... Toujours est-il que, vers quatre heures du soir,
l'aérostat courait au-dessus de la Rochelle à une hauteur
immense, poussé vers l'Océan, dans l'immensité duquel il
s'est perdu[1]. »

Pendant toute la durée de la guerre, Paris a expédié en
province 65 ballons. De ces ballons, deux se sont perdus,
trois ont atterri en Belgique, deux en Hollande, un en
Prusse, un en Norvège; trois ont été capturés par les
Prussiens. Tous les autres sont tombés en France après avoir
fait des voyages plus ou moins accidentés.

Ces 65 ballons ont emporté 164 personnes, parmi lesquelles
il convient de signaler Gambetta, 381 pigeons, 5 chiens,
10675 kilogrammes de dépêches, des appareils de toute
nature et jusqu'à... de la dynamite. « En effet on ne saurait

1. Steenackers.

trop louer le courage de MM. Vibert et Gobron, qui partirent de Paris le 16 janvier à bord du ballon le *Steenackers*, sachant qu'ils avaient sous leurs pieds, dans la nacelle, deux caisses de dynamite, destinées aux capsuleries militaires. Mais que dire de leur sang-froid lorsqu'il fallut atterrir avec un matériel aussi brutal, que le moindre choc pouvait changer en volcan? Le voyage de MM. Vibert et Gobron est un des faits les plus curieux de cette guerre, qui fit naître tant de dévouements, tant de courages[1]. »

Si je voulais raconter tous les actes de dévouement et de courage qui sont à l'actif des employés des Postes et des Télégraphes, il faudrait consacrer à ce travail un volume entier. Je passe donc bien des noms, mais je ne puis m'empêcher de rappeler la belle conduite de M. Fribourg, aujourd'hui directeur au ministère, qui, pendant que Nogent-le-Rotrou était occupé par l'ennemi, conserve cependant ses communications télégraphiques avec le gouvernement, au risque d'être découvert et fusillé. Que dire de M. Lemercier de Jauvelle qui, au milieu des lignes prussiennes, s'en va mêler les fils télégraphiques que l'ennemi a établis? Que dire de MM. Morris et Testin qui avec tant de courage et d'intelligence dirigent le service des postes d'observations militaires dans la Sarthe, Seine-et-Marne et le Loiret?

Les femmes pendant cette guerre lamentable ont rivalisé de courage avec les hommes.

Tout le monde connaît le sang-froid et l'intelligence dont fit preuve une jeune fille, Mlle Dodu.

Mlle Dodu était receveuse des postes à Pithiviers. M. Steenackers lui confie le service de la télégraphie des observations militaires de jour et de nuit. Pour s'acquitter de cette tâche

1. Steenackers.

Ballon tombant au milieu d'un camp prussien.

Mlle Dodu est obligée, à différentes reprises, de cacher ses
appareils télégraphiques à l'approche de l'ennemi, sauf à
rétablir les communications aussitôt après le départ des
troupes allemandes.

Portrait de Mlle Dodu. — D'après une gravure de *l'Illustration*.

Tout à coup arrive à Pithiviers le corps d'armée du prince
Frédéric-Charles. Les Prussiens envahissent le bureau de
Mlle Dodu, qui est obligée, avec sa mère, de se réfugier dans
une chambre située au second étage.

La grande ligne télégraphique de Pithiviers à Orléans

passait précisément au niveau de la fenêtre de cette chambre, et ce fil que Mlle Dodu avait là sous les yeux, apportait à chaque instant aux Prussiens des dépêches d'une importance capitale. « Si je saisissais ces dépêches au passage », se dit Mlle Dodu. Le projet était hardi, et pour l'accomplir il fallait une grande dose de courage.

Mlle Dodu n'hésite pas. Elle tire de sa cachette son appareil Morse, puis, la nuit venue, elle jette deux fils conducteurs sur la grande ligne et s'empare ainsi des dépêches de l'ennemi sans éveiller son attention, car la prise au passage des dépêches prussiennes ne produisait qu'une légère dérivation du courant électrique et n'entravait nullement le service des Allemands.

Parmi les dépêches ainsi arrêtées par Mlle Dodu, il y en avait une qui contenait un plan d'attaque consistant à cerner l'armée du général d'Aurelle de Paladines. Mlle Dodu, par l'entremise du sous-préfet de Pithiviers, fait parvenir cette dépêche au général d'Aurelle de Paladines, qui fait aussitôt sauter le pont de Gien et réussit, par cette mesure, à déjouer le plan des Allemands.

Mlle Juliette Dodu, dénoncée par une domestique, est condamnée, par le général allemand commandant la place de Pithiviers, à être fusillée. Elle ne dut sa vie sauve qu'au prince Frédéric-Charles, qui, touché de sa jeunesse et de son courage, refusa de laisser exécuter la sentence.

En récompense de sa conduite, Mlle Juliette Dodu a été décorée de la Légion d'honneur et de la médaille militaire.

Mlle Veich, gérante du bureau de Schlestadt, se montre tout aussi héroïque que Mlle Dodu. Pendant le bombardement de cette ville, Mlle Veich se fait remarquer par un tel courage que le gouvernement français lui donne, à elle aussi, la croix de la Légion d'honneur.

Une autre jeune fille mérite encore d'être citée pour sa

belle conduite pendant la guerre : je veux parler de Mlle Antoi-
nette Lix, receveuse des postes à Lamarche (Vosges).

Mlle Lix est Alsacienne, et, dès que son pays est envahi,
elle quitte son bureau pour prendre un fusil. Est-ce qu'une
femme, lorsqu'il s'agit de défendre le sol sur lequel elle est
née, la terre sous laquelle dorment ses ancêtres, n'est pas
capable de se battre aussi bien qu'un homme?

La guerre? Mlle Lix l'a déjà vue de près, car en 1853, en
Pologne, elle a reçu un coup de lance en pleine poitrine lors
de la guerre de l'indépendance. Ce qu'elle a fait pour la
Pologne, elle le fera pour sa patrie. Mlle Lix s'engage dans
les francs-tireurs vosgiens; elle prend part au combat de la
Bourgonce-Nompatelize, « où, nous dit M. Steenackers, elle
déploya les qualités militaires les plus viriles, ralliant les
mobiles, relevant leur moral, marchant à leur tête, puis se
consacrant aux soins des blessés ».

Mlle Lix a été oubliée dans la distribution des récompenses
officielles, mais ses compatriotes lui ont voué une reconnaissance qui constitue sa plus belle récompense.

L'administration des Postes a le droit d'être fière d'elle-
même, car elle peut dire : « Chez nous, tout le monde a
fait son devoir ».

CHAPITRE X

Pour se faire une idée de l'importance du service des Postes, il convient d'examiner avec quelques détails le personnel et le matériel dont cette administration dispose.

Le personnel du ministère des Postes et des Télégraphes constitue une véritable armée, car il atteint le chiffre de 55 899 agents de tout ordre.

Dans cette armée, il y a 51 000 simples soldats, c'est-à-dire 51 000 facteurs.

Tout le monde connaît le facteur distributeur. C'est quelquefois un ancien militaire qui porte fièrement sur sa poitrine la médaille commémorative des campagnes de Crimée, d'Italie ou du Mexique. C'est toujours un très honnête homme, qui, pour un traitement plus que modeste, accomplit un service des plus pénibles.

Du 1er janvier jusqu'à la Saint-Sylvestre il suit le même chemin, traversant les mêmes rues, entrant dans les mêmes maisons, parlant aux mêmes personnes.

Pour lui, jamais de repos, jamais de dimanche, jamais de premier de l'an.

Le savetier de La Fontaine se plaignait que toujours d'une fête nouvelle on enrichît le calendrier. A Paris, pour que le facteur ait un jour de fête, il faut une révolution, et encore avons-nous vu que, même lorsque les rues de la capitale ont été hérissées de barricades, la Poste a essayé d'assurer la marche du service, et y a réussi.

Un bon facteur pourrait presque faire sa tournée les yeux bandés. Si nous devons en croire une anecdote racontée par M. Charles Bornèbe dans un livre publié en 1826, le pari a été fait et a été gagné.

« Un facteur de la Grande Poste, nommé Jean Gourgot, dit Saint-Jean, gagea qu'il irait, les yeux bandés, de l'École Militaire à la Grande Poste, rue Plâtrière. Il passa l'eau à la place Louis XV, dans un bateau qu'il alla chercher lui-même sans le secours de la voix ni du batelier. Parvenu aux galeries du Louvre, il indiqua les sonnettes de l'Imprimerie Royale, et, dans la rue Froidmanteau, il s'arrêta vis-à-vis d'un marchand de vin dont il était connu, il demanda à se rafraîchir. Il était suivi de ceux qui tenaient le pari, et en gagna le prix sans opposition. »

Sous le ministère de M. Cochery, la situation des facteurs a été très sensiblement améliorée. Aujourd'hui ils débutent au traitement de 1000 francs et peuvent atteindre le chiffre de 1500 francs; ils reçoivent, en outre, une indemnité de séjour de 100 francs et une indemnité de chaussures de 50 francs. Ils sont habillés aux frais du Trésor, et, lorsqu'ils se sont signalés par de longs et irréprochables services ou par des actes de dévouement et de courage, ils reçoivent une médaille d'argent ou de bronze, qu'ils ont le droit de porter sur leur poitrine. Ces médailles, qui ont été instituées par M. Cochery, et dont l'obtention constitue le rêve de chaque facteur, ne sont accordées que dans des limites excessivement restreintes. Pour les obtenir, il faut presque accomplir des actes d'héroïsme. J'ai eu la curiosité d'examiner un à un tous les dossiers des médaillés de la Poste, et j'avoue que j'ai été émerveillé à la lecture de tous ces actes de dévouement et de courage civique que la concession d'une médaille d'honneur est venue récompenser.

Voici un modeste gardien de bureau ambulant, Simonnot, qui fait le service de Paris-Lyon, et qui est blessé *sept* fois dans divers déraillements (médaille d'honneur d'argent, 30 juin 1883).

En voici un autre, Layton, courrier convoyeur à Paris, qui, le 5 septembre 1881, est grièvement blessé dans le terrible accident de chemin de fer survenu à la gare de Charenton.

Bien que très sérieusement atteint à la tête, Layton ne réclame aucun soin, il n'est préoccupé que de son service. Il recueille les dépêches et les objets de correspondance dispersés au milieu des débris des wagons, et les porte lui-même à la recette principale de la Seine. Ce n'est qu'après avoir accompli ses devoirs professionnels qu'il se rend à son domicile, où, sous le coup de la fatigue et de l'émotion, il perd connaissance (médaille d'honneur d'argent, 30 juin 1882).

Gendre, facteur rural à Verdun-sur-Garonne, pendant les inondations risque tous les jours sa vie pour assurer les dépêches (médaille d'honneur d'argent, 30 juin 1882).

Kelsch, entrepreneur à Belfort, le jour de la bataille de Forbach, sauve la caisse et les valeurs du bureau de Saint-Avold.

Et pendant la guerre franco-allemande, que d'actes de dévouement à l'actif des facteurs de la Poste!

J'ai déjà parlé des courriers convoyeurs Gème et Ayrolles, qui ont réussi à franchir les lignes prussiennes.

Il est juste également de citer le facteur Pagano qui, pendant le siège, se transforme en aéronaute.

Le 12 novembre 1870 il part de Paris sur le ballon le

Niepce et il prend terre à Vitry-le-François. Malgré le voisinage de l'ennemi, Pagano réussit à se soustraire à la poursuite des Prussiens et à remettre à destination les dépêches dont il s'était volontairement chargé.

Dans bien des pays étrangers, de modestes agents qui auraient accompli des actes de cette nature voudraient, à titre de récompense, recevoir de l'argent. Le facteur français, qui cependant est pauvre et mal rétribué, préfère une médaille de bronze à une somme d'argent. Il sait en effet que lorsque, l'heure de la retraite ayant sonné, il se retirera dans son village, cette petite médaille sera pour lui un titre de noblesse qui lui vaudra respect et considération, car elle témoignera que dans sa longue carrière il aura constamment fait preuve de dévouement, d'intelligence et de probité.

Si le facteur de la ville est généralement aimé, le facteur rural, lui, est plus populaire.

Le service rural tel qu'il fonctionne en France constitue une des institutions les plus démocratiques. En effet, grâce au service rural, le petit paysan qui habite un village perdu au milieu des montagnes peut, tout comme le bourgeois qui habite la ville, recevoir ou expédier tous les jours ses lettres sans avoir à payer aucune taxe supplémentaire. Avant 1830 il n'existait de distributions de lettres que dans les villes et villages d'une certaine importance et qui étaient pourvus d'un bureau de poste. Il y avait 35 580 communes dans lesquelles les lettres n'étaient pas portées à domicile. Elles étaient envoyées au bureau de poste le plus voisin, où les intéressés devaient eux-mêmes les aller chercher. En 1830 une loi décida que, dans toutes les communes dépourvues d'un bureau de poste, les lettres seraient recueillies et distribuées au moins une fois tous les deux jours. Mais ces lettres devaient payer une taxe supplémentaire. Aujourd'hui la taxe supplémentaire est supprimée. Toutes les communes, tous les hameaux de France possèdent une boîte aux lettres, qui est levée au moins une fois par jour.

M. Riant, qui était directeur général des Postes en 1877, constatait devant l'Assemblée Nationale qu'il n'y avait aucun pays au monde où la poste rurale fonctionnât plus complètement qu'en France. Il rappelait que « ce service embrasse, ainsi que nous venons de le dire, toutes les parties du territoire, sans délaisser, comme en Angleterre, ni hameaux, ni écarts, ni une seule habitation isolée ou peu accessible; sans s'arrêter, comme en Angleterre et en Allemagne, les dimanches et jours fériés; sans cesser d'être quotidien sur aucun point du territoire, tandis que l'Angleterre compte encore plus de 400 villages où le facteur ne paraît que d'une à cinq fois par semaine ».

Sous l'administration de M. Cochery, le service de la Poste rurale a été amélioré par la création de plus de 5000 emplois de facteurs, ce qui a permis de dédoubler des tournées excessives et d'accélérer le service dans un grand nombre de communes. Les facteurs ruraux n'ont pas moins encore à faire un service fort pénible. Le maximum de l'étendue des tournées s'élève à 32 kilomètres. Le parcours moyen par facteur est de 17 kilomètres. Tous les facteurs de France réunis font chaque jour un trajet de 630 371 kilomètres, c'est-à-dire plus de quinze fois le tour du globe.

En 28 heures ils parcourent une distance égale à celle qui nous sépare de la lune, et en 235 jours ils iraient de la terre au soleil.

. Pierre Zaccone a fait un joli portrait du facteur rural.

« La vie de cet humble agent est tout un poème, triste ou gai tour à tour, qui se déroule au milieu des grands aspects de la nature, et d'où se dégage cette émotion vraie qu'in-

spirent la pauvreté résignée et le dévouement modeste.
« Si vous avez habité la campagne, vous l'avez connu, et
vous l'aimez. Chaque jour avec l'aube il part. Il est vêtu de la
blouse d'uniforme; la sacoche de cuir sur le dos, un bâton

Facteur rural.

noueux à la main, il quitte sa ville et commence sa tournée.
C'est l'été. Le souffle du matin est frais et pur, mille chants
d'oiseaux égayent son départ; il ouvre sa poitrine aux péné-
trantes senteurs de la campagne, et, par instants, il peut

croire à tous les rêves de bonheur que son esprit évoque en marchant. Il a une femme, deux beaux enfants qu'il a embrassés en partant, et, tout en s'éloignant, il songe à la joie du retour. Mais que d'épreuves l'attendent dans le dur trajet qu'il doit accomplir chaque jour! En été, c'est le soleil ardent, la poussière brûlante, les pluies d'orage qui détrempent les chemins et grossissent les torrents; en hiver, c'est la bise âpre et froide, les sentiers perdus sous la neige, les nuits promptes à venir.

« Il rentre le soir au logis, harassé, transi, couvert de boue ou de poussière; les rêves du matin ont fui, et il ne songe plus qu'à aller demander au sommeil et au repos la force de recommencer le lendemain le pénible métier de la veille. »

En France, les facteurs ruraux font le service à pied. Dans les Landes, ils sont montés sur de longues échasses afin de pouvoir plus facilement parcourir les plaines sablonneuses recouvertes de bruyères et d'ajoncs.

En Chine, le « messager de l'empereur » porte ses dépêches sur le dos. D'une main il tient un parasol, et de l'autre il agite une espèce de crécelle afin que, tout le long de sa route, les habitants, avertis par ce bruit, lui cèdent la place.

Le nègre de l'Australie apporte ses lettres au bout d'un bâton.

Dans l'Amérique du Nord, aux environs du lac Supérieur, le facteur rural se sert d'un traîneau auquel il attelle des chiens.

En Russie et en Suède, on a recours aux rennes pour transporter les lettres. Un seul conducteur suffit pour conduire tout un convoi.

En Afrique, sur plus d'un point c'est le chameau qui tient la place de notre ancienne poste aux chevaux.

Dans l'Annam, le facteur, qui est à cheval, apporte ses dépêches dans des morceaux de bambou attachés sur ses épaules.

Le traitement des facteurs ruraux est calculé d'après un

Facteur chinois.

tarif kilométrique. Ces *modestes et dévoués serviteurs de l'État*, comme on les appelle dans tous les documents officiels, touchent 7 centimes par kilomètre.

Je sais bien que, comme leurs camarades de la ville, ils reçoivent des indemnités spéciales provenant des remises qui

leur sont allouées tant sur les timbres-poste qu'ils vendent
que sur les valeurs dont ils effectuent le recouvrement ou sur

Le facteur nègre de l'Australie.

les sommes déposées par leur intermédiaire à la Caisse
d'épargne postale.

Mais, malgré toutes ces indemnités réunies, les facteurs
auraient beaucoup de peine à vivre, s'ils n'avaient inventé

Facteur de la poste en Russie

l'*Almanach des Postes*, qu'ils offrent chaque année à leurs clients avec une régularité dont nous comprenons tous le motif.

L'idée de cet almanach est fort ancienne. Dès l'origine des malles-poste, on rédigea des espèces d'indicateurs faisant connaître le nombre et le prix des postes à parcourir pour se

Facteur de l'Annam.

rendre d'une ville à une autre. Petit à petit l'indicateur se perfectionna, et bientôt ce volume, sous le titre de *Liste générale des postes de France*, devint un livre officiel dont tout le monde eut besoin. La Liste générale des postes de France constituait, pour celui qui obtenait du roi le privilège de la faire imprimer, une source de revenus d'autant plus considérable qu'il était interdit d'en imprimer des copies ou même d'en faire des extraits, *à peine de confiscation des exemplaires contrefaits et de trois mille livres d'amende.*

Pendant une grande partie du dix-huitième siècle ce privilège fut concédé à la famille Jaillot, dont plusieurs membres de père en fils furent géographes du roi.

Nous avons eu sous les yeux un exemplaire de la *Liste générale des postes de France dressée par ordre de monseigneur de Voyer de Paulny, chevalier comte d'Argenson, ministre et secrétaire d'Etat, surintendant général des courriers, postes et relais de France*[1], et éditée par Jaillot, avec un luxe de caractères et de papier qu'on chercherait en vain aujourd'hui dans des publications de ce genre.

Lorsque la poste aux lettres devint une administration distincte de celle des malles-poste, on rédigea également de petits tableaux indiquant le jour et l'heure du départ des principaux courriers.

Les facteurs eurent l'idée d'offrir au public, au moment du renouvellement de l'année, des calendriers contenant quelques indications sur le service de la poste, extraites de ces tableaux officiels. C'était une manière assez heureuse de demander des étrennes. Aussi eut-elle un plein succès. Diverses décisions des directeurs généraux des Postes réglementèrent la distribution de ces almanachs, qui, à partir de 1855, par les renseignements complets sur le service des Postes qu'on y inséra, devinrent indispensables pour tout le monde. Il n'existe pas un seul commerçant qui, à l'almanach doré et richement illustré qui lui est offert par son papetier, ne préfère le modeste petit almanach de la Poste, dans lequel il est sûr de trouver des renseignements dont à un moment donné il aura besoin.

---

1. Collection de M. E. Boysse.

En 1863 les facteurs distribuèrent 1 787 019 almanachs, c'est-à-dire qu'ils ont reçu des étrennes de 1 787 019 personnes au moins. Pendant plusieurs années la maison Oberthur eut le monopole de la fourniture de ces almanachs. Aujourd'hui, dans chaque département, les facteurs achètent les almanachs où ils veulent. La distribution commence en général huit jours avant le premier de l'an. A Paris, dans chaque quartier, un facteur désigné par ses camarades centralise toutes les étrennes et les partage ensuite par parties égales entre ses collègues.

Il est assez difficile de pouvoir dire d'une manière exacte ce que rapportent les étrennes dans chaque ville; les facteurs gardent sur ce point le silence le plus complet. Cependant on m'a assuré au ministère des Postes qu'il y a à Paris certains quartiers commerçants dans lesquels chaque facteur reçoit pour sa part deux mille francs d'étrennes le premier de l'an!!

Grâce à ces étrennes les facteurs sont mieux rétribués que les commis ordinaires, qui, eux, cependant, font un service tout aussi pénible et qui de plus subissent des examens et des concours qui ont leur importance.

En effet, c'est un concours qui ouvre l'accès du surnumérariat des Postes et des Télégraphes; si je consulte la statistique des dix dernières années, je vois que, sur cent candidats qui se présentent, l'administration n'en reçoit jamais que la moitié ou le tiers.

Le programme de l'examen est suffisamment difficile, et l'on ne saurait trop approuver les précautions prises par l'administration pour que les jeunes gens qui entrent dans cette carrière aient une instruction générale assez développée. Mais parmi les conditions d'*aptitude* exigées des candidats il en est une que pour ma part je ne saurais admettre et qui, suivant moi, éloigne de cette administration des sujets qui

pourraient lui rendre de très grands services. Les jeunes
gens qui désirent entrer dans l'administration des Postes,
dit le programme, doivent *être aptes au service militaire* et par
conséquent avoir au minimum la taille de 1^m,54. Pourquoi
cette condition? j'ai interrogé bien des personnes en état de
me répondre et j'avoue que je n'ai jamais reçu de réponse
satisfaisante. Est-ce qu'un jeune homme qui n'a que 1^m,53
ne peut pas faire un excellent employé des Postes tout aussi
bien qu'un jeune homme qui aurait une taille de géant? Est-ce
qu'un homme qui est bossu ou boiteux n'est pas parfaitement capable de s'asseoir derrière un guichet et d'y faire
le service de la Poste, qui est un service essentiellement sédentaire?

Mais, me dit-on, il faut que l'administration puisse faire
passer ses employés du service sédentaire dans le service actif.
Eh bien, encore je réponds que la question de taille n'a aucune importance, et, sans chercher des exemples bien loin, le
ministre des Postes et des Télégraphes peut trouver dans son
ministère un directeur qui n'a pas la taille militaire, ce qui
ne l'a pas empêché pendant la guerre de se conduire d'une
manière admirable sous le feu même des Prussiens. J'ai cité
l'honorable M. Fribourg.

D'ailleurs est-ce que l'administration des Postes ne compte
pas parmi ses employés plus de 4000 femmes, qui ne seront
jamais versées dans le service actif?

Mais je vais plus loin et j'estime que l'administration des
Postes devrait spécialement servir de débouché aux jeunes
gens qu'une infirmité quelconque rendrait impropres à tout
autre service.

On se plaint, et avec raison, de trouver rarement dans les
bureaux de poste français un employé parlant couramment
une langue étrangère, .. et un jour à Paris dans un concours

on refusait un candidat qui, lui, parlait l'allemand, l'italien et le russe, et on le refusait... parce qu'il avait un bec-de-lièvre.

Allez à l'étranger et vous verrez que la majorité des employés du service sédentaire, dans les grands bureaux de villes, sont bossus ou boiteux. Je pourrais citer l'hôtel des postes d'une grande ville de Hollande où j'ai compté trois employés estropiés sur cinq. Mais j'ajoute que dans ce bureau tout le monde parle hollandais, français, allemand et anglais.

Il me semble qu'il suffit de signaler cette anomalie à l'honorable ministre actuel des Postes et des Télégraphes pour qu'il s'empresse de la faire cesser. M. Granet est un hardi novateur, il a réalisé dans tous les services des progrès considérables. Il s'agit d'accomplir un acte de justice qui permettra à des jeunes gens fort capables d'entrer dans une administration de l'État; je suis persuadé que, cet acte de justice, le ministre l'accomplira.

Le *matériel* de l'administration des Postes représente une somme colossale, qu'il serait bien difficile d'évaluer d'une façon même approximative. Cependant nous pouvons indiquer quelques chiffres qui ne manquent pas d'intérêt.

L'Hôtel des Postes de Paris a déjà coûté plus de dix-huit millions, et, à l'heure où j'écris ces lignes[1], il n'est pas entièrement achevé.

Il existe en France environ 7000 bureaux de poste. Ce chiffre augmente tous les jours, comme celui des boîtes aux lettres.

L'invention de la boîte aux lettres distincte du bureau de poste est assez ancienne, mais sa mise en pratique est relativement récente.

1. Mars 1887.

En 1653 M. de Vélayer, maître des requêtes, eut l'idée d'établir, dans divers quartiers de Paris, des boîtes dans lesquelles tous ceux *qui voudraient écrire d'un quartier dans un autre* n'auraient qu'à mettre leurs lettres, billets ou mémoires, qui seraient *fidèlement portés et diligemment rendus à leur adresse.*

Le gazetier Loret annonça la nouvelle en ces termes :

> On va bientôt mettre en pratique,
> Pour la commodité publique,
> Un certain établissement
> (Mais c'est pour Paris seulement).
> De boëtes nombreuses et drues,
> Aux petites et grandes rues,
> Où, par soi-même ou son laquais,
> On pourra porter des paquets,
> En dedans à toute heure mettre
> Avis, billet, missive ou lettre,
> Que des gens commis pour cela
> Iront chercher et prendre là,
> Pour, d'une diligence habile,
> Les porter, par toute la ville,
> A des neveux, à des cousins,
>
> . . . .
>
> A des gendres, à des beaux-frères,
> A des nonnains, à des commères,
> A Jean, Martin, Guilmain, Lucas,
> A des clercs, à des avocats,
> A des marchands, à des marchandes,
> A des galands, à des galandes,
> A des amis, à des agens,
> Bref à toutes sortes de gens.
> Ceux qui n'ont suivants ni suivantes,
> Ni de valets ni de servantes,
> Ayant des amis loin logez,
> Seront ainsi fort soulagez ;
> Outre plus, je dis et j'annonce
> Qu'en cas qu'il faille réponse,

On l'aura par mesme moyen,
Et si l'on veut savoir combien
Coûtera le port d'une lettre
(Chose qu'il ne faut pas obmettre),
Afin que nul n'y soit trompé,
Ce ne sera qu'un sou tapé.

M. de Velayer faisait en même temps afficher une instruction dans laquelle, en termes fort naïfs, il insistait sur les
avantages de son institution et expliquait notamment le
fonctionnement des billets par *port payé*, qui ressemblaient
un peu à la *carte postale réponse payée* de notre époque.

Voici le texte exact de cette instruction, qui se trouve
dans le carton de la Bibliothèque Nationale.

Les billets de *port payé* se vendaient dans divers bureaux de la capitale. « Pour s'en servir, nous dit un écrivain de l'époque, il falloit remplir le blanc de la date du
jour et du mois auxquels vous écriviez, et après cela vous
n'aviez qu'à entortiller ce billet autour de celui que vous
escriviez à votre amy et les faire jeter ensemble dans la boëte.

« Outre le billet de port payé que l'on mettoit sur la lettre
pour la faire partir, celuy qui escrivoit avoit soin, s'il vou-
loit avoir réponse, d'envoyer un autre billet de port payé
renfermé dans la lettre. »

Un collectionneur des plus érudits, M. Feuillet de Conches,
possède l'original d'une lettre adressée par Pellisson à son
amie Mlle de Scudéry, et au bas de laquelle se trouve une
mention reproduisant la dernière phrase du passage que
nous avons cité. Cette mention prouve que la lettre dont
il s'agit a été transportée par la poste Velayer, et Pellisson,
qui signe son épître du nom romanesque de Pisandre, donne
à Mlle de Scudéry celui de Sapho, dont on l'appelait assez
habituellement à l'hôtel de Rambouillet.

14

Nous empruntons le dessin de cette pièce au journal *le Timbrophile* (année 1863)[1].

Mademoiselle,
 	
Mandez-moi si vous savez quelque bon remède contre l'amour ou contre l'absence, et, si vous n'en connaissez point, faites-moi le plaisir de vous en enquérir, et, en cas que vous en trouverez, de l'envoyer à
 	
    Votre très humble
 	
                  PISANDRE.
	Pour Mademoiselle SAPHO, demeurant en la rue, au pays des *nouveaux Sansomates*, à Paris, par billet de port payé.

Outre le billet de port payé que l'on met sur la lettre pour la faire partir, etc. (*Voir supra.*)

Cette invention eut tout d'abord beaucoup de succès, mais de mauvais plaisants s'amusèrent à verser dans ces boîtes « de si mauvaises influences[2] », que bientôt il fut impossible de s'en servir. M. Belloc raconte qu'un maître de clavecin, voulant donner un concert, confia toutes ses lettres d'invitation aux boîtes de M. de Velayer. Aucune n'arriva à destination. Des malveillants avaient mis dans les boîtes des souris, qui mangèrent les lettres. L'invention de M. de Velayer tomba dans l'oubli.

En 1723 il n'y avait à Paris que sept boîtes aux lettres, plus la boîte du bureau général, rue des Déchargeurs.

Ces boîtes étaient levées une fois par jour, à sept heures du matin.

A cette époque le courrier de Lyon arrivait à Paris trois fois par semaine, celui de Toulouse une fois par semaine, celui d'Espagne tous les quinze jours !

---

1. A. de Rothschild, *Histoire de la Poste aux lettres.*
2. Furetière, *Roman bourgeois*, p. 203.

L'idée de M. de Velayer fut reprise par M. de Chamousset, qui, sous Louis XV, présenta un projet *pour augmenter les agréments de la société.*

Parmi les agréments dont M. de Chamousset voulait faire profiter la société, figurait l'établissement, dans les différents quartiers et faubourgs de Paris, de *bureaux dans lesquels les lettres, billets ou cartes envoyés par les particuliers seraient reçus toute la journée pour être distribués à leurs adresses trois fois par jour.*

Le 5 mars 1758, des lettres patentes accordaient à M. de Chamousset le privilège d'établir sa petite poste pour une durée de trente années.

L'entreprise eut un tel succès que le gouvernement ne tarda pas à en dépouiller M. de Chamousset, auquel il accorda, en échange de son privilège, une rente viagère de 25 000 livres.

Depuis cette époque les boîtes aux lettres de Paris furent réunies à l'administration des Postes.

En 1788 Paris possédait 77 boîtes et 9 bureaux. Aujourd'hui il dispose de 854 boîtes et de 87 bureaux.

Dans la France entière il y avait, au 1er septembre 1886, 51 278 boîtes aux lettres. Le département qui en possède le plus est celui de Seine-et-Oise, qui en compte 1300. Celui qui en possède le moins, c'est le département de Vaucluse, qui n'en a que 239.

La boîte ordinaire, avec cadran pour indiquer les heures de levées, coûte 27 fr. 25, plus les frais de pose. Ces boîtes sont fabriquées par M. Foucher, fabricant d'objets de serrurerie, fournisseur du ministère des Postes et Télégraphes.

Depuis quelques mois une Société anglaise exploite à Londres un système de boîtes aux lettres qui mérite de retenir l'attention des hommes qui sont chargés de diriger l'administration des postes; car cette boîte ne reçoit pas seulement les lettres, elle sert encore à donner automatiquement les cartes postales et les enveloppes timbrées, c'est-à-dire qu'elle remplit le rôle de l'employé qu'elle remplace.

Il ne suffit pas, en effet, pour expédier une lettre, d'avoir une boîte à sa portée, il faut encore pouvoir se procurer facilement un timbre-poste ou une carte postale. Tous ceux

Porte d'une boîte aux lettres.
Mécanisme du cadran.

Boîte aux lettres avec cadran
pour indiquer les heures de levées.

qui, par leurs affaires, sont appelés souvent à entrer dans un bureau de poste, savent combien, à Paris, à certaines heures de la journée, ces bureaux sont encombrés. Souvent il faut faire queue pendant plusieurs minutes avant de pouvoir arriver jusqu'à l'employé chargé de vendre les timbres et les cartes postales.

Un ingénieur anglais, M. Everitt, a imaginé d'adapter aux boîtes aux lettres un appareil très simple qui, automatiquement, distribue des cartes postales et des enveloppes timbrées.

Vous voulez écrire une lettre. Vous vous approchez de l'appareil, vous mettez 20 centimes dans une ouverture, et l'appareil vous donne une enveloppe timbrée et une feuille de papier. Vous n'avez que la peine d'ouvrir un tiroir pour y trouver ce que vous désirez.

Si une carte postale vous suffit, vous mettez 10 centimes dans une *autre* ouverture, vous tirez un *autre* tiroir et vous y trouvez votre carte postale.

La lettre une fois écrite, et vous pouvez l'écrire sur l'appareil même, car il a la forme d'un pupitre, vous la jetez dans la boîte qui se trouve placée en dessous de l'appareil automatique.

Le facteur qui est chargé de lever les boîtes peut en même temps recharger la machine, c'est-à-dire l'approvisionner de cartes postales et d'enveloppes timbrées, et

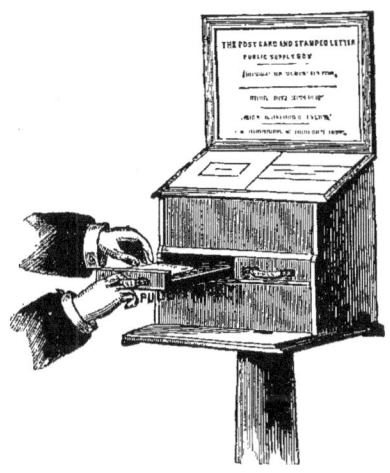

Distributeur automatique de cartes postales et d'enveloppes timbrées.

retirer la recette qui se trouve dans un véritable coffre-fort.

Avec ce système, plus d'encombrement, plus de temps perdu, plus de bureau fermé, car la machine naturellement travaille nuit et jour.

En matière postale, toute invention permettant d'accélérer le service ou de donner plus de facilités au public doit être examinée avec soin. Tous les jours, en effet, des découvertes nouvelles rendent plus rapide la transmission des lettres. En ce moment l'administration des Postes étudie un appareil qui, à ce point de vue spécial de la rapidité du transport des

lettres, est destiné à réaliser un progrès considérable, je veux
parler de l'appareil permettant l'échange des dépêches sans
arrêt des trains.

Nous avons expliqué que les bureaux ambulants avaient
pour objet de trier et de manipuler les lettres en wagon,
pendant la durée du voyage, de façon à gagner du temps. Cependant l'organisation de ces bureaux implique la nécessité
de faire arrêter le train à certaines stations pour déposer ou
pour prendre des dépêches. Or telle station qui est importante
au point de vue de la poste ne l'est pas au point de vue
des voyageurs; d'où la conséquence que divers trains de
voyageurs brûlent forcément un certain nombre de gares
dans lesquelles la poste aurait intérêt à s'arrêter pendant
quelques minutes. Aussi, dès l'origine des chemins de fer,
l'administration des Postes s'est demandé s'il ne serait pas
possible de prendre et de laisser des dépêches aux différentes
gares sans faire arrêter le train. Laisser des dépêches, cela
ne paraît pas très difficile. Lorsqu'il s'agit d'un train omnibus marchant à petite vitesse, il est possible de jeter un sac de
dépêches sur la voie. Mais, lorsqu'il s'agit d'un train express
ou d'un train rapide, la question change d'aspect, et tous les
essais qui ont été faits dans ces conditions ont démontré que
le sac s'éventrait en tombant à terre. Quant à l'opération contraire, celle qui consiste à prendre des dépêches sans faire
arrêter le train, elle présente plus de difficultés encore.
Mais ces difficultés n'ont pas découragé l'administration, qui
dès les premiers jours avait compris que l'échange des dépêches sans arrêt des trains constituerait une économie
pour le Trésor et permettrait d'acheminer plus rapidement
les correspondances.

Les ingénieurs de l'administration des Postes et ceux des
chemins de fer se mirent donc au travail. Tout d'abord ils

songèrent à appliquer un système qui fonctionnait déjà en Belgique et qui était dû à un ingénieur belge, M. Gobert.

Ce système consiste dans l'adaptation, tant au wagon-poste qu'à une potence placée près de la gare, de tiges en fer ou lances disposées de façon qu'au passage du train elles s'engagent respectivement dans les anneaux dont sont pourvus les sacs à échanger.

Cet appareil avait été mis en activité en Belgique le 1er mars 1849, et le ministre des Travaux publics de ce pays, consulté par les ingénieurs français, déclarait qu'il était satisfait de ses résultats.

Comment se fait-il, direz-vous peut-être, qu'à cette heure la France n'ait pas encore adopté le système Gobert? C'est la question qu'on est tout naturellement tenté de poser et que beaucoup de personnes posent en effet sur un ton de critique qui paraît justifié. A chaque instant, à propos de n'importe quel service, on entend dire : « Pourquoi ne pas faire comme en Belgique, pourquoi ne pas faire comme en Amérique? » Quelquefois, je le reconnais, la critique est fondée, mais, la plupart du temps, ce sont ceux qui nous proposent d'imiter la Belgique ou l'Amérique qui se trompent.

Nos ingénieurs ne manquent ni de patriotisme ni d'intelligence, et, lorsqu'ils n'adoptent pas *un système qui fonctionne à merveille ailleurs*, c'est tout simplement parce que ce système ne peut être appliqué en France. Ainsi, pour ne nous occuper que de notre sujet, le système Gobert, qui donne de bons résultats en Belgique, ne pourrait être appliqué en France, par la simple raison que chez nous les travaux d'art, les ponts, les tunnels, sont plus resserrés qu'en Belgique, et ne laissent au train en marche que l'emplacement strictement nécessaire pour effectuer l'opération du lancement et de la prise des sacs à dépêches.

On modifia donc ce système. En 1865 l'appareil est installé à dix-huit stations sur la ligne du Nord. L'échange s'effectue d'une manière irrégulière qui motive de nombreuses plaintes de la part des localités desservies. De plus, on a à regretter plusieurs graves accidents, notamment la mort de deux agents du chemin de fer. La Compagnie du Nord demande la suppression de l'appareil, et cette suppression a lieu le 1er mai 1866, après treize mois de fonctionnement. L'expérience avait coûté 52 000 francs.

Les ingénieurs constatèrent que le système Gobert ou système à jeux de bagues, indépendamment des dangers qu'il présente pour les agents chargés de la manœuvre, comporte en général des instruments de précision dont le moindre accident peut faire varier le fonctionnement : un tassement, quelque léger qu'il soit, du sol sur lequel reposent les poteaux, un affaissement des ressorts du wagon, un changement un peu brusque, aux abords d'un poteau, de la vitesse du train, le mouvement du lacet imprimé au convoi par une vitesse trop accélérée, enfin le moindre excédent du poids normal des dépêches, suffisent pour empêcher la marche régulière du mécanisme.

A partir de 1866, les compagnies de chemin de fer, s'appuyant sur les accidents survenus, refusent de se prêter à de nouvelles expériences. En 1872 l'administration française donne mission à M. Larivière, agent embarqué, d'étudier le système Ward, employé aux États-Unis pour la prise des dépêches. Le refus opposé par les compagnies ne permet pas de donner suite à l'étude des plans et des documents recueillis.

Malgré toutes ces difficultés, l'administration des Postes continue toujours ses études. Un très grand nombre de projets dus à l'initiative privée sont l'objet d'un sérieux examen de la part de la commission du perfectionnement du matériel

Appareil permettant au train de prendre les dépêches sans s'arrêter.

postal. Plusieurs de ces projets se distinguent par une idée originale. Mais tous soulèvent des objections qui les font repousser.

L'administration remarque principalement un projet présenté par M. Cacheleux, chef de station télégraphique à Paris.

Le mécanisme, mû automatiquement, laisse échapper sous le wagon, dans une fosse de 20 mètres de long, la dépêche à livrer. Une fourchette soulève et recueille la dépêche à prendre. Le système est fort simple et fort ingénieux. Malheureusement les compagnies de chemin de fer ne croient pas pouvoir, sans inconvénient, autoriser la construction de fosses de 20 mètres aux abords des gares.

Mais M. Cacheleux est un inventeur qui a fait ses preuves, car c'est lui qui le premier a proposé de remplacer dans le tube pneumatique le piston en fer plein dont on se servait pour pousser les boîtes de dépêches, par une boîte vide dans laquelle on met les dépêches et qui sert en même temps de piston.

Cette invention permet de réaliser une économie de plusieurs milliers de francs par an sur la fourniture des boîtes.

Si le système de M. Cacheleux pour l'échange des dépêches sans arrêt du train ne fut pas adopté, il est juste cependant de dire que c'est le projet Cacheleux qui a inspiré tous les autres.

Après de nouvelles études, faites par M. Trotin, ingénieur des Postes et des Télégraphes, de concert avec M. Parent, ingénieur des chemins de fer de l'État, l'administration des Postes a adopté un système qui paraît devoir atteindre le but désiré.

Ce système, expérimenté à Pont-sur-Seine le 21 décembre 1884, en présence de M. Cochery, ministre des Postes et des Télégraphes, et de plusieurs hauts fonctionnaires, a donné des résultats très satisfaisants. Le train a été lancé successivement à la vitesse de 60, 70 et 80 kilomètres à l'heure. Les sacs

ont été enlevés et envoyés avec une rapidité vertigineuse.
Voici comment on procède :

Un express est sur le point d'arriver à une station où il ne
fait pas halte. Il passe préalablement sur deux traverses mé-
talliques nommées *avertisseur*. Cet avertisseur établit à
700 mètres une communication électrique que perçoit un facteur chargé de recevoir et de donner les sacs de dépêches, et
placé près de la voie.

Les correspondances ont été enfermées dans un sac en
forme de besace, de manière à laisser vide la partie centrale,
qui est serrée avec une lanière. Dès qu'il est prévenu, par
l'avertisseur, de l'arrivée du train, le facteur accroche le sac
à une potence placée sur la voie perpendiculairement aux
rails. Le wagon ambulant passe; à la porte de ce wagon
est adaptée une sorte de fourche qui saisit le sac par la
ceinture et le ramène dans l'intérieur du wagon.

S'agit-il, au contraire, de livrer à la station un sac de lettres? Cette fois, c'est l'employé de l'ambulant qui a le rôle
actif. C'est le facteur en vigie qui reçoit.

L'employé accroche le sac en dehors du wagon à l'aide de
trois crochets en chien de fusil. A la station se trouve une
sorte d'énorme trébuchet en fonte qui saisit le sac violem-
ment au passage, le décroche et le dépose derrière un filet
de cordages.

L'appareil de MM. Trotin et Parent va permettre d'activer
la transmission des lettres et probablement d'augmenter le
nombre des distributions dans plusieurs villes.

J'ai déjà dit que le matériel de l'administration des Postes,
pour le service des ambulants, comprenait 386 wagons. Quels
chiffres obtiendrions-nous si nous voulions compter le nombre de chevaux et de voitures qui, sous diverses formes, sont
affectés au service de la Poste?

Facteur se disposant à accrocher le sac de dépêches en dehors du wagou.

La recette principale de Paris, à elle seule, emploie 124 voitures, dont 26 omnibus à deux chevaux pour le transport des facteurs, et 98 fourgons à un ou deux chevaux pour le transport des dépêches entre l'Hôtel des Postes, les gares de chemin de fer et les bureaux de poste de Paris.

Ces voitures parcourent annuellement 1 097 000 kilomètres, et emploient 120 cochers, 50 palefreniers et 250 chevaux au minimum.

L'entreprise de la conduite des voitures affectées au service de la Poste dans Paris est donnée à l'adjudication, comme tous les grands services de l'État.

L'administration des Postes fournit les voitures, les harnais et le costume des cochers. L'adjudicataire fournit les chevaux et les hommes, et pourvoit à l'entretien des voitures, des harnais et des livrées des cochers.

Les hommes et les chevaux ne peuvent être affectés à la conduite des voitures qu'après avoir été agréés par l'administration. Les cochers doivent avoir une habileté professionnelle toute spéciale; ils doivent de plus savoir lire et écrire, et être porteurs de bons certificats.

Les chevaux sont de premier choix. Le règlement exige qu'ils aient au moins la taille de 1^m,62, prise au garrot. Le règlement ne se contente pas d'exiger que l'entrepreneur fournisse de bons chevaux, il veut encore qu'il fournisse des attelages presque élégants, car il stipule que les chevaux accouplés devront avoir la même taille et la même robe.

L'adjudicataire est tenu d'avoir ses écuries principales dans Paris; il doit se procurer, en outre, pour les fourgons des chemins de fer, à proximité de chaque gare, un emplacement où cochers, chevaux et voitures puissent attendre à couvert, soit le jour, soit la nuit, l'arrivée des dépêches par les convois.

Un ordre spécial de l'administration règle le nombre de

chevaux et les heures auxquelles ces chevaux seront amenés à l'Hôtel des Postes pour le service journalier. Les chevaux doivent être garnis immédiatement après leur arrivée à l'Hôtel. Cette opération doit être terminée au moins quinze minutes avant l'heure fixée pour le départ des voitures.

L'administration fixe le temps à employer au parcours de chaque ligne. Ce temps est calculé sur une moyenne de quatre à cinq minutes par kilomètre. Pour tous retards non justifiés apportés dans la marche des voitures, l'adjudicataire subit une retenue sur le prix de son service, calculée à raison de 1 franc par cinq minutes de retard.

Les distances de l'Hôtel des Postes aux gares sont fixées de la porte de l'Hôtel des Postes à la porte d'entrée de chaque gare.

L'adjudicataire est payé en raison de la distance parcourue. Il reçoit : 88 centimes par kilomètre pour les omnibus des facteurs; 95 centimes pour les fourgons à deux chevaux; 55 centimes pour les fourgons à un cheval et à quatre roues; 46 centimes pour les fourgons à un cheval et à deux roues. Le traité actuellement en cours prendra fin le 31 mars 1890.

Afin d'éviter les accidents pendant le trajet, toutes ces voitures sont construites avec un soin tout particulier. Un omnibus de facteurs coûte 4642 francs; un fourgon à deux chevaux, 3260 francs, et un fourgon à un cheval, 2320 francs. Aussi les accidents sont-ils excessivement rares, et, pour qu'une voiture de la Poste manque son courrier, il faut qu'il se produise dans Paris un de ces événements tout à fait extraordinaires qui mettent, à un même moment, plus de deux millions d'habitants dans les rues, comme cela s'est produit le jour des funérailles de Victor Hugo. Dans de pareilles circonstances, la Poste doit en faire son deuil à l'avance. Elle sait que, malgré tous ses efforts, quelques-uns de ses courriers seront manqués. Ce sont là les seuls accidents qui peuvent entraver le service des dépêches dans Paris, car il est à remarquer que la Poste est très populaire, que toujours elle a été respectée et que, même pendant les jours d'émeute et de révolution, son libre fonctionnement a toujours été défendu et même facilité par le peuple de Paris.

Pour établir le compte exact du matériel des postes, il faudrait pouvoir évaluer exactement les petites fournitures de bureau, qui, au premier abord, paraissent insignifiantes et dont l'achat cependant représente une dépense considérable.

Dans les bureaux de poste de province, les receveurs ou les receveuses reçoivent, pour leurs frais de bureau, une somme fixe à l'aide de laquelle ils doivent se pourvoir de plumes, de papier, d'encre, de ficelle, de cire, etc.

La recette principale de la Seine fait exception à cette règle. Ici la consommation des fournitures de bureau est tellement importante qu'aucun receveur ne voudrait s'en charger à forfait.

J'ai déjà dit que, pour l'entretien et la fourniture des sacs nécessaires à cette recette, les Chambres votent chaque année un crédit de 100 000 francs.

Dans ce même bureau, en y comprenant le service des ambulants, on consomme :

30 000 kilos de grosse ficelle à.	1 fr. 09 le kilo.
100 000 kilos de petite ficelle à.	1 19
5000 kilos de fil bis à.	1 99
15 000 kilos de cire à cacheter à. . . .	0 24

En 1884 la Poste a transporté pour le service intérieur 1 236 671 814 lettres et objets de toute nature.

Si je prends les objets de correspondance originaires de la

France pour l'étranger et de l'étranger pour la France, je trouve un total de 125 650 667 objets.

Enfin le nombre des correspondances échangées entre les pays étrangers par l'intermédiaire de la France s'élève au chiffre de 58 909 027.

Au point de vue du rendement, le service postal français donne des résultats fort satisfaisants. En effet, l'administration des Postes et des Télégraphes, malgré la réforme postale et télégraphique qui a réduit dans des proportions si considérables le prix des affranchissements ainsi que le prix des dépêches télégraphiques, rapporte encore au Trésor un produit net d'environ 30 millions par an.

CHAPITRE XI

C'est en 1835 que pour la première fois le gouvernement songea à organiser des services maritimes postaux. Jusqu'à cette époque le transport des lettres pour les pays d'outre-mer était fait par les bâtiments de la marine marchande.

En effet, aux termes d'une loi du 19 germinal an X, tout capitaine de navire en partance dans une ville maritime devait faire au directeur des Postes de cette ville la déclaration du port dans lequel il se rendait. On lui remettait les lettres destinées à ce port étranger et on lui donnait dix centimes par lettre. Ce mode de transmission était irrégulier, très lent et peu sûr. Sous le règne de Louis-Philippe la navigation à vapeur faisait ses débuts. Le gouvernement comprit qu'il était de son intérêt comme de son devoir d'en favoriser l'expansion, et il se décida à créer un certain nombre de lignes postales destinées à desservir le bassin de la Méditerranée.

En 1837 il fait construire dix navires à vapeur de la force de 100 chevaux-vapeur et chargés d'établir un service postal régulier entre la France, la Corse, l'Italie, Constantinople, l'Égypte et les échelles du Levant.

Une particularité remarquable à mentionner, c'est que l'un des navires affectés au service de la Corse, le *Napoléon*, est le premier bâtiment à hélice dont la Poste ait fait usage.

Il avait été construit d'après les plans de M. Moessard, ingénieur de la marine française, dans les chantiers de M. Mornand, constructeur au Havre.

A l'époque où le *Napoléon* quitta ce port pour se rendre à Marseille, Sauvage était en prison au Havre.

Sauvage peut être diversement jugé; toutefois, quelque opinion que l'on se soit faite sur sa personnalité, il ne restera pas moins une des grandes figures de l'industrie moderne.

Sauvage a été en France l'infatigable vulgarisateur de l'hélice.

A cette œuvre il a donné toute sa pensée, toute son activité, toute sa vie.

Mais tant d'efforts, de luttes, de courage n'avaient abouti qu'à la misère.

Et, dans sa prison, il continuait son travail, poursuivant sans relâche la solution de son problème.

Tout à coup un bruit étrange frappe les murs de sa cellule et le fait tressaillir.

Un pressentiment le saisit; il s'informe, demande, interroge, et apprend enfin que le *Napoléon*, un bâtiment à hélice, va, dans quelques heures, quitter le port du Havre.

A cette nouvelle, son cœur bondit et son esprit s'exalte....

Où trouvera-t-on un spectateur plus digne que lui d'assister à ce départ! Il veut que les portes de sa prison s'ouvrent; il réclame à grands cris sa liberté provisoire,... il supplie, pleure, implore, et finit par toucher ceux qui l'entourent.

Cependant on ne le mit point en liberté, c'était impos-

sible, mais on lui donna une cellule dont les fenêtres
ouvraient sur le quai, et, quand le *Napoléon* passa devant la
prison, fendant les flots et laissant après lui ce bouillon-
nement plein d'écume que produit l'hélice, deux yeux voilés
de larmes s'ouvrirent avec attendrissement derrière les
barreaux de l'une des cellules, et ne le quittèrent qu'au
moment où il disparut de l'horizon[1].

L'État commença par exploiter lui-même ces premières
lignes postales; mais il s'aperçut bientôt que le service était
onéreux pour le Trésor public et il résolut d'en abandonner
l'exploitation à l'industrie privée.

En 1850 la Compagnie des Messageries maritimes fut
chargée du service dans le bassin de la Méditerranée.

Une convention du 28 juin 1851 régla les conditions de
cette exploitation, qui fut successivement développée par la
création des services de l'Indo-Chine, des services sur le
Brésil et la Plata et du réseau de l'Australie et de la Nouvelle-
Calédonie.

L'État subventionne actuellement quatre compagnies de
navigation pour effectuer le transport des dépêches postales
entre la France et les pays d'outre-mer. Ces compagnies
sont :

1° La *Compagnie des Messageries maritimes*, pour le bassin
oriental de la Méditerranée, les mers de l'Inde et de la Chine,
le Sénégal, les côtes du Brésil et de la Plata, l'Australie et la
Nouvelle-Calédonie;

2' La *Compagnie générale transatlantique*, pour les États-
Unis, le Mexique et les Antilles, l'Algérie et la Tunisie;

3° La *Compagnie insulaire de navigation*, pour la Corse;

4° Les Compagnies anglaises du « *South Eastern Railway* »

---

1. Zaccone, *la Poste anecdotique.*

et du « *London Chatham and Dover Railway* », représentées par la Compagnie française du chemin de fer du Nord, pour le service de la Manche.

Les navires des Messageries maritimes peuvent rivaliser avec ceux de n'importe quelle autre nation concurrente. Leur vitesse varie, suivant les lignes, de 12 à 14 nœuds à l'heure. Leur aménagement intérieur ne laisse rien à désirer, tant au point de vue de la sécurité qu'au point de vue du confort que les voyageurs ont le droit d'exiger.

Quant aux navires de la Compagnie transatlantique, ils constituent la plus admirable flotte qu'aucune nation ait jamais possédée.

Le 22 mai 1882 la Compagnie transatlantique a inauguré un service postal à grande vitesse entre le Havre et New-York. Ce service est assuré à l'aide de paquebots d'une grande puissance, parmi lesquels il convient de citer la *Champagne*, la *Bretagne*, la *Bourgogne* et la *Gascogne*, qui sont les plus beaux navires affectés au transport des voyageurs qui existent en ce moment dans le monde entier.

Ces navires mesurent 155 mètres de longueur, ils jaugent 7000 tonnes, possèdent une machine de 9000 chevaux et peuvent recevoir 1200 passagers et 2200 mètres cubes de marchandises!

Les roues des anciens paquebots ont fait place à l'hélice; les machines à balanciers, lentes et encombrantes, ont disparu et ont été remplacées par des machines rapides et légères, à double détente ou à triple expansion. La *Champagne* offre, de ce dernier système, le spécimen le plus important qui ait été construit jusqu'ici.

La rapidité de marche a progressé en même temps, car ces beaux navires ont atteint, aux essais, une vitesse de près de 19 nœuds, c'est-à-dire de plus de 35 kilomètres à l'heure.

Grâce à tous ces progrès, Paris et New-York sont aujourd'hui à huit jours de distance, malgré les 6000 kilomètres qui séparent ces deux grands foyers de l'activité humaine.

La Compagnie transatlantique possède soixante-dix navires à vapeur, représentant une force de 145 000 chevaux, et un transport de 153 000 tonnes.

Dans le courant de l'année 1885, cette compagnie a trans-

Un transatlantique français.

porté sur toutes ses lignes 400 000 voyageurs et plus de deux milliards de tonnes!

Ce mouvement considérable de voyageurs est dû non seulement à la vitesse des navires, mais encore au confort que les passagers de toute classe sont assurés de trouver à bord de ces paquebots.

La traversée du Havre à New-York constituait jadis un voyage long, fatigant et dangereux, qu'on n'entreprenait qu'après avoir fait son testament. Aujourd'hui ce voyage,

quand on le fait à bord d'un navire de la Compagnie
transatlantique, est une véritable partie de plaisir.

Et tout d'abord la sécurité est complète; grâce à leurs
proportions colossales et aux soins extrêmes apportés à leur
construction, les grands steamers de la Compagnie transatlantique n'offrent plus de risques dans les grandes traversées,
même par les plus mauvais temps.

Des pompes spéciales d'épuisement permettent d'arrêter
rapidement les voies d'eau.

On sait que des brumes intenses, durant parfois deux et
trois jours, rendent assez difficiles les abords du banc de
Terre-Neuve; pour parer à cette éventualité, au lieu d'avoir,
comme les navires anglais, un simple sifflet à vapeur, tous
les paquebots de la Compagnie générale transatlantique sont
munis d'un instrument placé en avant du premier mât,
nommé *sirène*, infiniment plus puissant que le sifflet à vapeur. Il convient également de mentionner un immense brise-
lames, d'une structure nouvelle, qui empêche absolument
la mer de pénétrer dans le navire en cas de mauvais temps.

La crainte des abordages pendant la nuit est absolument
écartée, grâce à la lumière électrique, dont la portée, infiniment
plus considérable que celle de tout autre éclairage, annonce
de fort loin l'approche du navire et évite ainsi les collisions.

Une fois à bord, les passagers peuvent se croire dans un
des plus grands hôtels de Paris. Ils y trouvent en effet à leur
disposition un grand salon de 15 mètres de long sur 15 mètres
de large, une série de petits salons-boudoirs, une bibliothèque, des fumoirs, des salles de bain.

Les cabines sont éclairées à la lumière électrique; chaque
passager peut dans sa cabine, en pressant simplement sur un
bouton et à n'importe quelle heure de la nuit, avoir de la
lumière à volonté.

On échappe ainsi aux ennuis de l'extinction des feux à neures fixes, précaution indispensable avec les autres modes d'éclairage, pour éviter les incendies.

Si nous ajoutons que, sur les navires de la Compagnie transatlantique, le vin est fourni à discrétion aux voyageurs sans aucune augmentation de prix, on comprendra pourquoi les Anglais eux-mêmes, qui cependant sont si fiers de leur marine, n'hésitent pas à venir s'embarquer sur un paquebot français toutes les fois qu'ils sont appelés en Amérique pour leurs affaires.

Ces magnifiques navires ont été construits en France, par des ouvriers français, avec des matières premières françaises, sous la direction d'ingénieurs de la marine de l'État. C'est là, comme le disait le vice-président de la Compagnie transatlantique à l'inauguration de la *Champagne*, c'est là la quadruple affirmation d'un progrès dont notre patriotisme a le droit de se réjouir.

Le service des correspondances à bord des navires des grandes lignes postales est assuré par un agent des Postes qui a un caractère officiellement reconnu par toutes les personnes du bord, ainsi qu'une autorité entière et exclusive pour tout ce qui concerne la réception et la transmission des dépêches qui lui sont confiées.

L'agent des Postes est nourri à la table des passagers de première classe ou à celle des officiers, pendant les relâches. Une embarcation est mise à sa disposition pour les besoins du service. Dans le cas où le bâtiment est forcé de mouiller en rade par suite de mauvais temps, l'agent des Postes peut exiger qu'on mette à sa disposition celle des embarcations qui tient le mieux la mer. Dans cette circonstance, un officier doit en prendre le commandement.

C'est à l'aide de cette organisation que la France et les

États-Unis d'Amérique peuvent aujourd'hui échanger leurs correspondances avec une régularité, une sécurité et une rapidité que personne n'aurait osé espérer il y a vingt ans. Et cependant le progrès n'a pas encore dit son dernier mot. Dans quelques années, grâce au génie de celui qu'on a appelé le Grand Français, grâce à Ferdinand de Lesseps, les paroles prophétiques que prononçait en 1864 le directeur général des Postes de France seront réalisées, et alors « nous verrons les bâtiments des Messageries maritimes sortir par la porte de Suez, et les bâtiments de la Compagnie transatlantique sortir par la porte de Panama, se rencontrer et se saluer dans l'océan Pacifique, après avoir embrassé le monde dans leurs évolutions ».

CHAPITRE XII

LES TIMBRES-POSTE

S'il est une réforme qui a permis à l'administration des Postes de se développer dans les conditions que nous venons d'indiquer, assurément c'est celle qui a consisté à adopter pour le transport des lettres la *taxe unique*.

Pendant longtemps la taxe des lettres a varié suivant la distance à parcourir.

En 1827, en France, le transport d'une lettre ne dépassant pas le poids de sept grammes et demi était réglé de la façon suivante :

Pour une distance de   40 kilomètres 2 décimes.

—	de 40 à 80	—	5	—
—	de 80 à 150	—	4	—
—	de 150 à 220	—	5	—
—	de 220 à 500	—	6	—
—	de 300 à 400	—	7	—
—	de 400 à 500	—	8	—
—	de 500 à 600	—	9	—
—	de 600 à 750	—	10	—
—	de 750 à 900	—	11	—
—	au-dessus de 900	—	12	—

Ainsi qu'on peut le voir par ce tableau, l'affranchissement

d'une lettre constituait une dépense qui n'était pas toujours à
la portée de tout le monde.

En 1842 une lettre venant d'Angleterre à Paris coûtait
2 francs. Aussi écrivait-on peu à cette époque.

C'est à un Anglais, à Rowland Hill, que revient l'honneur
d'avoir le premier proposé de donner un essor considérable à
la correspondance, en fixant uniformément à 10 centimes le
prix du transport d'une lettre dans tout le Royaume-Uni.

On raconte que c'est un trait d'amour maternel qui lui
suggéra l'idée de cette grande réforme. Rowland Hill était
assis dans la salle commune d'une modeste auberge de village, lorsque tout à coup la porte s'ouvre et le facteur appa-
raît sur le seuil, une lettre à la main.

« Une lettre d'outre-mer, deux shillings à percevoir, ce
sont des nouvelles de mon fils; quel bonheur! donnez vite »,
s'écrie la vieille hôtesse. Le facteur remet la lettre, la
pauvre mère la prend, la regarde, l'embrasse, puis, les yeux
couverts de larmes, la rend au facteur en disant : « C'est trop
cher pour moi, je ne puis l'accepter ».

Vivement ému, Rowland Hill s'avança, donna les deux
shillings et reprit la lettre, qu'il remit à la mère. Celle-ci
lui témoigna sa reconnaissance, baisa de nouveau le pli précieux, mais toujours sans l'*ouvrir*.

Après le départ du facteur, elle s'expliqua, avec un regret
visible : « Il n'y a rien d'écrit dedans, dit-elle, c'est un arran-
gement fait avec mon garçon, parce que je suis trop pauvre
pour payer les ports. Il m'envoie aussi souvent que possible
une enveloppe cachetée; le facteur me l'apporte; je la refuse,
bien entendu, mais je vois l'écriture chérie; cela me suffit;
mon enfant vit, il va bien; il ne m'oublie pas, mes inquié-
tudes sont dissipées. Quant aux détails, je prends courage
pour patienter jusqu'à son retour. Oh ! monsieur, je sais que

c'est tromper, et je m'en accuse : mais une mère languit après des nouvelles de son fils!... »

Cet incident fit réfléchir Rowland Hill ; les ports de lettres ne pourraient-ils pas être diminués et égalisés, ce qui aurait naturellement pour effet de multiplier les correspondances? N'arriverait-on pas à un résultat qui serait d'une utilité générale?

Il se mit immédiatement à l'œuvre, étudia la question et publia une brochure dans laquelle il proposait de fixer uniformément à dix centimes le port d'une lettre pour l'Angleterre et les colonies, mais à la condition que ces dix centimes seraient payés à l'avance au moyen d'un timbre qu'on collerait sur l'enveloppe.

Cette brochure eut, en Angleterre, un très grand retentissement. Rowland Hill fut appelé à mettre en pratique sa réforme, qui obtint le succès le plus complet.

Toutes les nations ne tardèrent pas à imiter l'Angleterre et à adopter le timbre-poste, dont Émile de Girardin, avant Rowland Hill, avait cependant proposé la création.

Cette idée du timbre-poste paraît bien simple ; mais, comme cela arrive toujours, avant de trouver cette solution si simple, on a eu recours à toute sorte de systèmes plus compliqués les uns que les autres.

J'ai déjà parlé des billets de *port payé* imaginés par M. de Velayer en 1653. Près de deux siècles plus tard, en 1818, nous voyons apparaître en Sardaigne le *papier postal timbré*. En Sardaigne, comme dans presque tous les États, la Poste constituait un monopole du gouvernement, et tout individu convaincu de s'être immiscé dans le transport des lettres était puni d'une amende considérable. Quand on voulait affranchir une lettre, il fallait se rendre dans un bureau de poste et présenter sa lettre à un employé, qui la frappait d'un timbre spécial.

En 1818 Victor-Emmanuel Iᵉʳ fit paraître l'ordonnance suivante, dont nous empruntons le texte au journal *le Collectionneur de timbres-poste*[1] :

« Désirant adoucir la rigueur des dispositions établies par le règlement de l'année 1772, dont la stricte exécution sur l'expédition et le transport des lettres par des moyens étrangers à la Poste aurait apporté trop de dérangements à nos sujets bien-aimés, nous avons, par notre Édit du 12 août dernier, autorisé le transport de la correspondance par voie privée, sous l'observance cependant de quelques précautions que nous avons cru convenables, pour obvier à la perte trop grave que différemment en aurait pu ressentir notre Administration des Postes.

« En établissant ces précautions, notre but principal a été de concilier la faveur due aux relations sociales et au commerce, avec la nécessité de retirer de ce droit royal un produit qui contribue à supporter les charges de l'État, et puisse faire face aux graves dépenses occasionnées par ce service public.

« Voulant faciliter davantage les communications entre nos sujets, nous avons décidé d'ajouter un nouveau moyen, par lequel les particuliers qui se trouvent souvent dans la nécessité d'envoyer des lettres ou des papiers par des moyens étrangers à la Poste, puissent faire ces envois sans être obligés de soumettre préalablement leurs lettres ou plis au timbre des bureaux de Poste respectifs.... Ordonnons ce qui suit :

« ART. 1. — On pourra substituer au timbre que les officiers de Poste doivent appliquer aux lettres à eux présentées par le public, l'usage d'un papier spécial, fabriqué par notre Direction générale des Postes et appelé *papier postal timbré.*

1. *Le Collectionneur de timbres-poste.* Directeur, Arthur Maury, rue Saint-Lazare, 80, Paris.

« Art. 3. — La distribution du papier postal timbré est confiée aux bureaux de Poste de toutes classes....

« Art. 4. — Le papier susdit est de trois espèces, la première de trois soldi ou quinze centimes, la deuxième de cinq soldi ou vingt-cinq centimes et la troisième de dix soldi ou cinquante centimes.

« Art. 5. — Pour les lettres destinées à parcourir une distance non excédante de quinze milles, on fera usage du papier de quinze centimes; pour celles destinées à parcourir une distance excédant quinze milles, et non supérieure à trente-cinq, le papier de vingt-cinq, et pour une plus grande distance, celui de cinquante centimes.... »

Timbre-poste
de Sardaigne.

Conformément à cette ordonnance, l'administration des Postes vend des enveloppes avec trois modèles de timbres imprimés à même en bleu.

Ils représentent uniformément un enfant à cheval sonnant d'un cor de poste, la valeur est en dessous et le cadre est rond pour le timbre de quinze centimes, ovale pour celui de vingt-cinq et octogone pour celui de cinquante centimes.

C'est sous forme d'*enveloppes timbrées* que les premiers timbres-poste firent leur apparition en Angleterre.

Une des enveloppes timbrées les plus curieuses est celle qui fut gravée par Mulready et qui fut mise en vente en Angleterre immédiatement après la proposition de Rowland Hill à la Chambre des communes.

Quelques mois plus tard apparut le premier timbre-poste, valeur un penny; il est à l'effigie de la reine Victoria, non dentelé autour; sa couleur est noire.

Nous donnons ici la reproduction de l'estampille du papier postal de Sardaigne, et, plus loin, celle de l'enveloppe Mulready

et du premier timbre-poste d'Angleterre, que nous empruntons au *Catalogue de tous les timbres-poste* par Arthur Maury.

Il est à remarquer que l'enveloppe destinée à contenir
les lettres n'est vraiment entrée dans la pratique que vers
l'année 1843 ou 1844.

Pendant le moyen âge on fermait les lettres à l'aide d'une

Enveloppe Mulready.

bande de papier ou de parchemin qu'on scellait avec un
cachet de cire.

Dans le *Nouveau traité de la civilité qui se pratique en France
parmi les honnêtes gens* (Paris, 1675), par Antoine de Courtin,
nous lisons ces lignes : « *Il est aussi bon de sçavoir que, pour
plus de respect, on met la lettre dans une enveloppe sur laquelle
on écrit le dessus* (l'adresse) ».

Les premières enveloppes débitées par les papetiers anglais
datent de 1840. Elles étaient faites à la main. La première
machine à fabriquer les enveloppes fut inventée en 1844
par un nommé Rabatté. D'autres machines furent inventées

presque à la même époque par M. Edwin Hill et par M. Baltus.

Aujourd'hui, rien qu'en France, on fabrique près de cinq millions d'enveloppes par jour. Les principaux fabricants d'enveloppes français sont M. Legrand, M. Laroche-Joubert et M. Marion.

L'usage de l'enveloppe offre certainement de très grands avantages, mais il présente un inconvénient qui a son importance, c'est celui de faire disparaître des lettres le timbre de la poste qui constitue la preuve d'une date certaine :

A l'époque où l'enveloppe était inconnue, on pliait les lettres en quatre, de façon à écrire l'adresse sur la dernière page, qui restait blanche. Les différents timbres de la poste indiquant le jour du départ de la lettre, le bureau expéditeur et le bureau destinataire étaient reproduits sur cette page.

Timbre-poste d'Angleterre.

Aujourd'hui ces timbres sont frappés sur l'enveloppe, et, comme on ne conserve jamais les enveloppes, il en résulte que le destinataire d'une lettre ne peut jamais prouver d'une façon indéniable que telle lettre ne lui a été remise qu'à telle date. Une lettre peut être antidatée pour les besoins d'un alibi ou même par suite d'une erreur. Les timbres reproduits sur l'enveloppe ne suffisent pas pour établir d'une manière certaine qu'il y a eu fraude ou erreur, car rien ne prouve que l'enveloppe qu'on présente soit bien celle qui a contenu la lettre en question.

Ces inconvénients expliquent pourquoi les maisons de banque continuent à plier les lettres en quatre au lieu de les renfermer dans une enveloppe.

Un teinturier d'Alger, M. André Lyon, vient d'inventer un timbre qui permet de donner une date certaine, lisible et indélébile aux lettres mises à la poste sous enveloppe.

16

Ce timbre reproduit les dates de départ et d'arrivée sur la lettre même à travers l'enveloppe au moyen de petits pointillés qui traversent le papier de part en part.

L'administration des Postes étudie en ce moment l'adoption du timbre Lyon dans ses bureaux.

Les premiers timbres-poste français parurent en 1848, à l'effigie de la République. Ce fut Hulot, graveur général des monnaies, qui fut chargé de leur fabrication pour le compte du gouvernement.

En 1851 Hulot prit ce service à son propre compte, à raison de 1 fr. 50 les 1000 timbres. Au bout de quelques années, le gouvernement réduisit le prix de fabrication des timbres à 60 centimes le mille.

La Banque de France fut ensuite chargée de ce travail, et le prix de revient s'abaissa à 58 centimes, 39 centimes et enfin, en 1878, à 34 centimes le mille.

En 1880 M. Cochery, ministre des Postes et Télégraphes, résolut de charger son propre ministère de la fabrication des timbres-poste. Il établit rue d'Hauteville un atelier qui, sous l'habile direction de M. Eugène Gaumel, ne tarda pas à donner les meilleurs résultats. Le prix de fabrication des timbres-poste est tombé à 31, 27 et enfin à 26 centimes le mille en 1883.

Il faut avoir visité ce magnifique atelier pour se rendre compte de l'importance de ce travail. Assurément j'étonnerai mes lecteurs en leur disant qu'en 1885 cet atelier a consommé 27 600 rames de papier pour les différents travaux qui lui ont été confiés.

Se douterait-on que pour l'année 1885 le ministère des Postes a fabriqué 1 282 635 000 timbres-poste?

Mais l'atelier de la rue d'Hauteville ne fait pas seulement des timbres-poste; il fabrique encore les cartes-postales, les cartes télégraphiques, des enveloppes et des bandes timbrées, des bons et des mandats de poste, des timbres d'épargne, des bulletins de conversation téléphonique et bien d'autres imprimés, sans compter les timbres-poste destinés à S. A. S. le prince de Monaco, qui, depuis un an, a voulu, lui aussi, doter *ses États* de timbres-poste à l'effigie de leur souverain.

L'atelier de la rue d'Hauteville, dans lequel règnent un ordre et une propreté qu'on chercherait en vain dans aucun autre établissement similaire, occupe 250 employés hommes ou femmes. Il fabrique lui-même la gomme et l'encre. L'encre joue ici un très grand rôle. Tout le monde sait qu'à une certaine époque l'administration des Postes s'est préoccupée de l'emploi qui pouvait être fait de timbres-poste ayant déjà servi et que des milliers de personnes mettaient de côté dans un but soi-disant charitable. Une enquête fut ouverte, des descentes de police ont eu lieu, et finalement on n'a pu constater aucune fraude. Les timbres-poste ainsi ramassés servaient à quoi?... à faire une tapisserie d'un genre nouveau.

M. Eudel, dans son livre si intéressant, *Collections et collectionneurs*, nous en donne un exemple curieux.

« Quand on visite, dit-il, le couvent des Frères de Saint-Jean de Dieu, autrement dit des Chartreux de Gand, on voit sur les murs du parloir une mosaïque étrange. Une tapisserie faite entièrement de timbres-poste offre aux yeux étonnés les figures les plus diverses.

« Les Frères, armés d'une héroïque patience, ont rassemblé plus d'un million de timbres, puis ils les ont triés d'après leurs différentes couleurs. Cette opération préliminaire ne dura pas moins de trois mois; puis commença le collage. Maintenant la tapisserie achevée provoque l'ébahissement des visiteurs. Sur les murs se dessinent un paysage chinois, un château espagnol, un chalet suisse, des chiens, des oiseaux, des papillons, des fleurs, des arbres, un kiosque et des Chinois.

« En chiffres romains se détache le millésime 1882, au-dessus des lettres J. M. J. DE DED. »

Je veux bien croire que tous les timbres-poste ramassés si soigneusement par tant de personnes sont destinés à un travail aussi inoffensif. Cependant il est permis de penser que dans plus d'un cas on a essayé de laver les timbres-poste et de les faire resservir. Pour empêcher ce lavage, l'administration des Postes a eu recours à une encre oblitérante qu'il est impossible de faire disparaître au moyen d'un lavage quelconque.

Cette encre pénètre dans le papier dont il est fait usage pour la fabrication des timbres et ne disparaît plus, même lorsque l'oblitération est faible. Les acides employés pour le lavage font disparaître les couleurs du timbre-poste, mais les traces de l'oblitération subsistent et rendent impossible un double emploi des figurines.

La composition de l'encre d'oblitération a été indiquée par le regretté M. J.-B. Dumas, président d'une commission dont faisaient partie MM. Scheurer-Kestner et Naquet, sénateurs.

Les timbres-poste ont donné naissance à la timbromanie.

Les collectionneurs de timbres-poste sont aujourd'hui très nombreux. « La timbromanie n'est pas seulement l'apanage du jeune collégien qui cache sous son pupitre son album de collectionneur, ses pinceaux et son papier gommé, à côté d'une douzaine de vers à soie ou de bouquins défendus. Née il y a une trentaine d'années pour servir d'amusement aux enfants et leur apprendre, entre-temps, un tantinet de géographie, elle a bientôt passionné de très grands personnages[1]. »

1. Eudel, *Collections et collectionneurs.*

Et en effet, parmi les plus belles collections de timbres-poste, on cite celle de M. Ferrari, qui, dit-on, lui a déjà coûté près d'un million et demi; celle de M. de Rothschild, celle de M. Bosredon, ancien conseiller d'État, celle du docteur Legrand de Neuilly, et bien d'autres encore.

Le chiffre total des timbres-enveloppes et cartes émis depuis 1840 par l'administration des Postes des diverses nations atteint presque le chiffre de dix mille. Mais les grands amateurs, recueillant les moindres variétés de papiers, de nuances et de dentelures, arrivent à former des collections qui contiennent plus de 100 000 timbres-poste.

L'ardente recherche des timbres par les collectionneurs a donné une valeur surprenante à ceux qui ont eu cours peu de temps et qui, par conséquent, sont rares. Ainsi les deux timbres de la Réunion de 1852, l'un de 15 et l'autre de 50 centimes, valent plus de 2000 francs les deux. Le timbre de l'île Maurice de 1847 vaut 1500 francs; ceux de la Guyane anglaise 1850 trouvent acheteur à 100, 200 et 800 francs, selon leur couleur.

La liste des timbres qui peuvent se vendre 100 fr., 50 fr., 20 fr., 10 fr. est fort longue; quant aux timbres cotés dans les catalogues spéciaux à 5, 10 et 25 centimes, leur nombre dépasse plusieurs milliers; ce qui a donné à cette singulière collection une extension inouïe, c'est l'habitude qu'ont prise presque tous les négociants de conserver les timbres oblitérés qui leur parviennent sur leur correspondance et d'en gratifier des enfants qui, par une série d'échanges, arrivent assez facilement à former des collections d'un millier de timbres différents.

Passé ce chiffre, le collectionneur est bien forcé de s'adresser aux marchands spéciaux qui font venir des timbres neufs, particulièrement ceux de petite valeur destinés à

affranchir les lettres circulant dans l'intérieur de chaque
nation et les timbres-poste des pays qui ont peu de correspondance, comme Monaco, Heligoland, Malte, les petits États
indiens, etc.

Il existe des marchands de timbres-poste solidement établis,
ayant catalogues, journaux, prix courants, non seulement
dans toutes les grandes villes d'Europe et d'Amérique, mais
encore en Perse et jusqu'au Japon.

Une statistique qui n'est pas de fantaisie estime à 6 millions de francs par an la vente de ces petits carrés de papier.

A Paris seulement, outre une centaine de courtiers ou de
jeunes gens qui mettent des timbres en dépôt chez les papetiers et marchands de tabac, on compte une douzaine de
négociants en timbres, dont le plus important est M. Arthur
Maury, qui fait un chiffre d'affaires très considérable. En
vingt ans M. Maury a réalisé une fortune importante... en
vendant des timbres-poste! Tout le monde connaît son
curieux magasin de vente en détail de la rue Saint-Lazare.
Ce commerce a si bien prospéré que M. Maury vient de faire
bâtir dans la cité Malesherbes un hôtel fort élégant, dans
lequel il a installé les services généraux de son administration.

Ses provisions de timbres-poste, amassées de longue date,
sont assurées pour la somme de quatre cent mille francs!
Que de banquiers qui n'estimeraient pas si haut tous leurs
titres en portefeuille!

Une collection de timbres-poste, même une collection de
timbres actuellement en cours, représente une somme assez
importante.

Un négociant anglais qui avait promis à son fils une collection de timbres-poste, mis en demeure de s'exécuter, trouva
un moyen assez ingénieux pour se procurer cette collection

à bon compte. Il fit tout simplement insérer dans le *Times* l'annonce suivante :

« *Mariage*. Une jeune personne, âgée de vingt ans, brune, jolie, ayant 800 000 francs de dot et 2 millions à revenir, épouserait un honnête homme, même sans fortune. Les lettres seront reçues jusqu'à la fin du mois à l'adresse H. C. Milliers, au bureau du journal. »

Si nous en croyons M. Eudel, à qui nous empruntons cette anecdote, il s'est trouvé plus de vingt-cinq mille personnes assez niaises pour demander la main de la jeune Anglaise. De telle sorte que notre banquier se procura, pour le prix d'une annonce, vingt-cinq mille timbres-poste de toutes les nations!

Il est à présumer que certaines annonces que nous voyons souvent dans les journaux n'ont pas d'autre but que celui-là.

Le timbre-poste ne sert pas seulement à affranchir les lettres et à faire le bonheur des collectionneurs. Il paraît qu'il existe un langage des timbres comme il y a un langage des fleurs, et que la manière dont le timbre est collé sur la lettre a une signification spéciale, que seuls peuvent comprendre ceux qui ont la clef de ce langage. A ce timbre, suivant qu'il est collé à droite ou à gauche, debout ou la tête en bas, on lui fait dire « *Je vous aime* » ou « *Je ne vous aime plus* », si bien qu'à en croire les collectionneurs de timbres-poste, ce qu'il y a de plus intéressant dans une lettre, souvent c'est l'enveloppe.

J'ai essayé d'indiquer à grands traits le fonctionnement de l'administration des Postes de France. Les progrès réalisés depuis quelques années sont considérables, et cependant d'autres progrès plus grands encore nous restent à accomplir.

La réduction de la taxe à 10 centimes est une réforme qui

s'imposera à bref délai et qui constituera le plus beau titre
de gloire du ministre qui osera l'entreprendre et la mener à
bonne fin.

L'étude de la substitution du transport des dépêches par
la voie pneumatique au transport par chemins de fer, l'ouverture de tous les bureaux de poste au service des colis
postaux, enfin le développement des communications télégraphiques et téléphoniques, telles sont les graves questions
sur lesquelles devra nécessairement se porter l'attention des
hommes qui ont la charge de ce grand service public.

L'honorable ministre actuel des Postes et Télégraphes, qui,
soit par l'interprétation des règlements postaux, soit par le
dépôt de projets de loi spéciaux, n'a cessé, depuis qu'il est au
pouvoir, de diminuer les taxes et de donner la plus large
satisfaction possible aux besoins du commerce et de l'industrie, M. Granet, a devant lui une belle tâche à accomplir.
Il est jeune, il est travailleur, il a l'horreur de la routine et
le culte du progrès. Qu'il s'applique courageusement à toutes
ces réformes, qu'il marche de l'avant, et qu'il n'oublie pas
que le grand département ministériel dont il est chargé est
un de ceux dans lesquels un homme d'État peut rendre à son
pays les plus réels services.

FIN

TABLE DES MATIÈRES

VOYAGES

FORMATS GRAND IN-8° ET IN-4°

Amicis (E. de) : *Constantinople.* Ouvrage traduit de l'italien par Mme J. Colomb. 1 vol. in-8°, avec 183 dessins par Biséo. . . . . 15 fr.

Baker (S. W.) : *Ismaïlia.* Récit d'une expédition dans l'Afrique centrale. Ouvrage traduit de l'anglais par H. Wattemare. 1 vol. in-8°, avec 56 figures et 2 cartes. . . . . 10 fr.

Blunt (Lady) : *Voyage en Arabie.* Pèlerinage au Nedjed. Ouvrage traduit de l'anglais par Derôme. 1 vol. in-8°, avec 60 gravures et 1 carte. . . 10 fr.

Cameron (le commandant) : *A travers l'Afrique,* voyage de Zanzibar à Benguela. Ouvrage traduit de l'anglais par Mme H. Loreau ; 2° édit., 1 vol. in-8°, avec 139 gravures, 1 carte et 4 fac-similés. . . . . 10 fr.

Crevaux (Dʳ) : *Voyages dans l'Amérique du Sud.* 1 vol. in-4°, illustré de 253 gravures dessinées sur bois, etc., et contenant 5 cartes . . . . 50 fr.

Dieulafoy (Mᵐᵉ Jane) : *La Perse, la Chaldée et la Susiane.* 1 vol. in-4°, avec 336 gravures et 2 cartes. . . . . 50 fr.

Dixon (Hewporth) : *La Russie libre.* Ouvrage traduit de l'anglais par E. Jonveaux. 1 vol., avec 75 gravures et 1 carte. . . . . 10 fr.

— *La conquête blanche,* voyage aux États-Unis d'Amérique. Ouvrage traduit par H. Wattemare. 1 vol. in-8°, avec 118 gravures et 2 cartes. . . . . 10 fr.

Gallieni (le commandant) : *Voyage au Soudan français* (Haut Niger et pays de Ségou ; 1879-1881). 1 vol. avec 140 gravures, 2 cartes et 15 plans. . 15 fr.

Garnier (F.) : *Voyage d'exploration en Indo-Chine.* 2 vol. in-4° illustrés, avec atlas. . . . . 200 fr.

— *Voyage d'exploration en Indo-Chine,* effectué par une commission française présidée par le capitaine de frégate Doudart de Lagrée. Relation empruntée au journal *Le Tour du Monde,* revue et annotée par Léon Garnier. 1 vol. avec 211 gravures et 2 cartes. . . . . 15 fr.

Gourdault (J.) : *Voyage au pôle Nord des navires la Hansa et la Germania,* rédigé d'après les relations officielles. 1 vol. in-8°, avec 80 gravures et 3 cartes. . . . . 10 fr.

— *L'Italie.* 1 vol. in-4°, avec 450 gravures. . . . . 50 fr.

— *La Suisse.* 2 vol. in-4°, avec 825 gravures. . . . . 100 fr.
Ouvrage couronné par l'Académie française.

Hayes (Dʳ) : *La Terre de désolation,* excursion d'été au Groenland. Ouvrage traduit de l'anglais par J.-M.-L. Reclus, 1 vol. in-8°, avec 40 gravures et 1 carte. . . . . 10 fr.

Hübner (Baron de) : *Promenade autour du monde* (1871). 1 vol. in-4°, avec 316 gravures. . . . . 50 fr.

Kanitz : *La Bulgarie danubienne et le Balkan* (1860-1880). Édition publiée sous la direction de l'auteur. 1 vol. in-8°, avec 100 gravures et 1 carte. . 25 fr.

Krafft (H.) : *Souvenirs de notre tour du monde.* 1 volume avec 24 phototypies et 5 cartes. . . . . 15 fr.

Livingstone (D.) : *Explorations dans l'intérieur de l'Afrique centrale*, de 1840 à 1856. Ouvrage traduit de l'anglais par Mme H. Loreau, 3ᵉ édition. 1 vol. in-8°, avec 45 gravures et 2 cartes. . . . . 10 fr.

— *Dernier journal*, relatant ses explorations et découvertes de 1866 à 1873. Ouvrage traduit par Mme H. Loreau. 2 vol. in-8°, avec 60 gravures et 4 cartes. . . . . 20 fr.

Livingstone (D. et C.) : *Explorations du Zambèze et de ses affluents* (1858-1864). Ouvrage traduit de l'anglais par Mme H. Loreau ; 2ᵉ édition. 1 vol. in-8°, avec 47 gravures et 4 cartes. . . . . 10 fr.

Long (le commandant de) : *Voyage de la Jeannette au pôle Nord.* 1 volume avec 62 gravures. . . . . 10 fr.

Lortet (Dʳ) : *La Syrie d'aujourd'hui.* 1 vol. in-4°, illustré de 330 gravures dessinées sur bois et contenant 5 cartes. . . . . 50 fr.

Milton et Cheadle : *Voyage de l'Atlantique au Pacifique*, à travers le Canada, les Montagnes Rocheuses et la Colombie anglaise. Traduit de l'anglais. 1 vol. in-8°, avec 22 gravures et 2 cartes. . . . . 10 fr.

Nachtigal (Dʳ) : *Sahara et Soudan.* Ouvrage traduit de l'allemand par M. J. Gourdault.

> Tome Iᵉʳ. *Tripolitaine, Fezzan, Tibesti, Kanem, Borkou et Bornou.* 1 vol. in-8°, avec 99 gravures et 1 carte. 10 fr.

Nares (le capitaine) : *Un voyage à la mer Polaire* (1875-1876). Ouvrage traduit de l'anglais par F. Bernard. 1 vol. in-8°, avec 62 gravures et 2 cartes. 10 fr.

Nordenskiöld : *Voyage de la Vega autour de l'Asie et de l'Europe.* Ouvrage traduit du suédois par MM. Ch. Rabot et Ch. Lallemand. Tome Iᵉʳ. 1 vol. in-8°, avec 293 gravures sur bois, 3 gravures sur acier et 18 cartes. . . 15 fr.

Palgrave (W.) : *Une année de voyage dans l'Arabie centrale* (1862-1863), traduit de l'anglais. 2 vol. in-8°, avec 1 carte et 4 plans. . . . . 10 fr.

Payer (le lieutenant) : *L'expédition du Tegetthoff*, voyage de découvertes aux 80ᵉ-83ᵉ degrés de latitude nord. Ouvrage traduit de l'allemand par J. Gourdault. 1 vol. in-8°, avec 68 gravures et 2 cartes. . . . . 10 fr.

Piassetsky (P.) : *Voyage à travers la Mongolie et la Chine.* Ouvrage traduit du russe par Kucinski. 1 vol. in-8°, contenant 80 gravures et 1 carte. . 15 fr.

Prjévalsky (N.) : *Mongolie et pays des Tangoutes.* Voyage de trois années dans l'Asie centrale. Ouvrage traduit du russe par G. du Laurens. 1 vol. in-8°, avec 42 gravures et 4 cartes. . . . . 10 fr.

Raynal (F.) : *Les naufragés, ou vingt mois sur un récif des îles Auckland ;* 5ᵉ édition. 1 vol. in-8°, avec 40 gravures d'après A. de Neuville, et 1 carte. 10 fr.

Rousselet (L.) : *L'Inde des rajahs.* Voyage dans l'Inde centrale et dans les présidences de Bombay et du Bengale. 1 vol. in-4°, contenant 517 gravures sur bois et 5 cartes. 50 fr.

Schweinfurth (Dʳ) : *Au cœur de l'Afrique* (1866-1871). Ouvrage traduit, sur les éditions anglaise et allemande, par Mme H. Loreau. 2 vol. in-8°, avec 139 gravures et 2 cartes. . . . . 20 fr.

Serpa Pinto (le major) : *Comment j'ai traversé l'Afrique.* Ouvrage traduit sur l'édition anglaise et collationné avec le texte portugais, par M. J. Belin de Launay. 2 vol. in-8°, avec 160 gravures et 15 cartes. . . . . 20 fr

Speke (le capitaine) . *Journal de la découverte des sources du Nil*. Ouvrage traduit de l'anglais par E. Forgues ; 3ᵉ édition. 1 vol. in-8°, avec 3 cartes et 78 gravures d'après les dessins du capitaine Grant. . . . . 10 fr.

Stanley (H.) : *Comment j'ai retrouvé Livingstone*, traduit de l'anglais. 3ᵉ édition. 1 vol. in-8°, avec 60 gravures et 6 cartes . . . . 10 fr.

— *A travers le continent mystérieux*. Ouvrage traduit par Mme H. Loreau. 2 vol. in-8°, avec 156 gravures et 9 cartes. . . . . 20 fr.

Taine (H.) : *Voyage aux Pyrénées;* 8ᵉ édition. 1 vol. in-8°, avec 350 gravures d'après Gustave Doré . . . . 10 fr.

Thomson (C.) : *Les abîmes de la mer*. Récits des croisières du *Porc-Épic* et de l'*Éclair*, traduit de l'anglais. 1 volume avec 94 gravures. . . . 15 fr.

Thomson (J.) : *Dix ans de voyages dans la Chine et dans l'Indo-Chine*, traduit de l'anglais. 1 vol. in-8°, avec 128 gravures. . . . . 10 fr.

Ujfalvy-Bourdon (Mme de): *De Paris à Samarkand : le Ferghanah, le Koudja et la Sibérie occidentale*. 1 vol. in-4°, avec 273 gravures . . . . . 50 fr.

Vambéry : *Voyages d'un faux derviche dans l'Asie centrale*, traduit de l'anglais. 2 vol. in-8°, avec 34 gravures et 1 carte. . . . . 10 fr.

Wey (F.) : *Rome, descriptions et souvenirs;* 5ᵉ édition. 1 vol. in-4°, avec 370 gravures. . . . . 50 fr.

Whymper (E.) : *Escalades dans les Alpes;* 2ᵉ édition; traduit de l'anglais. 1 vol. in-8°, avec 75 gravures d'après les croquis de l'auteur. . . 10 fr.

Whymper (F.) : *Voyages et aventures dans l'Alaska*. Ouvrage traduit de l'anglais par M. E. Jonveaux. 1 vol. in-8°, avec 37 gravures et 1 carte. . 10 fr.

Wiener (C.) : *Pérou et Bolivie*. Récit de voyage, suivi d'études archéologiques et ethnographiques. 1 vol. in-8°, avec plus de 1100 gravures, 27 cartes et 18 plans. . . . . 25 fr.

Yriarte (D.) : *Les bords de l'Adriatique*. 1 vol. in-4°, avec 257 gravures. 50 fr.

NOUVELLE COLLECTION DE VOYAGES

FORMAT IN-16, AVEC GRAVURES ET CARTES

Chaque vol. : broché **4** fr. — Relié en percaline, tranches rouges : **5** fr. **50**

About (Ed.) : *La Grèce contemporaine;* 8ᵉ édit. 1 vol. avec 24 gravures.

Albertis (d') : *La Nouvelle-Guinée*, traduit de l'anglais par Mme Trigand. 1 vol. avec 64 gravures et 2 cartes.

Amicis (de) : *Constantinople*, traduit de l'italien par Mme J. Colomb; 2ᵉ édition. 1 volume avec 24 gravures.

— *L'Espagne*, traduit par la même; 2ᵉ édition. 1 vol. avec 24 gravures.

— *La Hollande*, traduit par Frédéric Bernard. 1 vol. avec 24 gravures.

Belle (H.) : *Trois années en Grèce*. 1 vol. avec 32 gravures et 1 carte.

Cameron (Vernet-Lowett) : *Notre future route de l'Inde*. 1 vol., avec 29 gravures.

Cotteau (E.) : *De Paris au Japon à travers la Sibérie*. Voyage exécuté du 6 mai au 7 août 1881. 1 vol. avec 28 gravures et 3 cartes.

— *Un touriste dans l'Extrême Orient, Japon, Chine, Indo-Chine et Tonkin*. 1 vol. avec 56 gravures et 3 cartes.

Daireaux (E.) : *Buenos-Ayres, la Pampa et la Patagonie.* 1 vol. avec 24 gravures et 1 carte.

David (l'abbé) : *Journal de mon troisième voyage d'exploration dans l'Empire Chinois.* 2 vol. avec 32 gravures et 3 cartes.

Fonvielle (W. de) : *Les affamés du Pôle Nord.* 1 vol. avec 19 grav. et 1 carte.

Garnier (F.) : *De Paris au Tibet,* 1 vol. avec 30 gravures et 1 carte.

Hübner (baron de) : *Promenade autour du monde;* 6ᵉ édition. 2 vol. avec 48 gravures.

Lamothe (de) : *Cinq mois chez les Français d'Amérique.* Voyage au Canada et à la Rivière Rouge du Nord. 1 vol. avec 24 gravures et 1 carte.

Largeau (V.) : *Le pays de Rirha. — Ouargla.* Voyage à Rhadamès. 1 vol. avec 12 gravures et 1 carte.

— *Le Sahara algérien; les déserts de l'Erg;* 2ᵉ édit. 1 vol. avec 17 grav. et 3 cartes.

Leclercq (J.) : *Voyage au Mexique (De New-York à la Vera-Cruz).* 1 volume avec 36 gravures et 1 carte.

— *La terre des merveilles,* promenade au parc national de l'Amérique du Nord. 1 vol. avec 40 gravures et 1 carte.

La Selve (E.) : *Le pays des nègres.* Voyage à Haïti. 1 vol. avec 24 grav. et 1 carte

Marche (A.) : *Trois voyages dans l'Afrique occidentale.* Sénégal, Gambie, Casamance, Gabon, Ogooué. 1 vol. avec 24 gravures et 1 carte.

— *Voyage aux Philippines.* 1 vol. avec gravures.

Markham (A.) : *La mer glacée du pôle,* traduit de l'anglais par Frédéric Bernard. 1 vol. avec 32 gravures et 2 cartes.

Montano (D.-J.) : *Voyage aux Philippines et en Malaisie.* 1 vol. avec 30 gravures et 1 carte.

Montégut (E.) : *En Bourbonnais et en Forez;* 2ᵉ édition. 1 vol. avec 24 grav.

— *Souvenirs de Bourgogne;* 2ᵉ édition. 1 vol. avec 24 gravures.

Pfeiffer (Mme) : *Voyage d'une femme autour du monde;* 5ᵉ édition. 1 vol. avec 42 gravures et 1 carte.

— *Mon second voyage autour du monde;* 4ᵉ édit. 1 vol. avec 52 grav. et 1 carte.

— *Voyage à Madagascar.* 1 vol. avec 24 gravures et 1 carte.

Pietri (le capitaine) : *Les Français au Niger,* voyages et combats. 1 vol. avec 28 gravures et 1 carte.

Reclus (A.) : *Panama et Darien.* Voyages d'exploration (1876-1878). 1 vol. avec 60 gravures et 4 cartes.

Reclus (Élisée) : *Voyage à la Sierra-Nevada de Sainte-Marthe.* Paysages de la nature tropicale; 2ᵉ édition. 1 vol. avec 21 gravures et 1 carte.

Rousset (L.) : *A travers la Chine;* 3ᵉ édition. 1 vol. avec 28 grav. et 1 carte.

Simonin (L.) : *Le monde américain;* 3ᵉ édition. 1 vol. avec 24 gravures.

Taine (H.), de l'Académie française : *Voyage en Italie;* 4ᵉ édition. 2 vol. avec 48 gravures.

— *Voyage aux Pyrénées;* 8ᵉ édition. 1 vol. avec 24 gravures.

— *Notes sur l'Angleterre;* 5ᵉ édition. 1 vol. avec 24 gravures.

Thomson (J.) : *Au pays des Massaï.* 1 vol. avec gravures.

Ujfalvy : *Voyage dans l'Himalaya occidental.* 1 vol. avec gravures.

Weber (de) : *Quatre ans au pays des Boërs.* 1 vol. avec 25 gravures et 1 carte.

Wey (Fr.) : *Dick Moon en France;* 2ᵉ édition. 1 vol. avec 24 gravures.

15314. — Imprimerie A. Lahure, rue de Fleurus, 9, à Paris. — 3-87.

www.ingramcontent.com/pod-product-compliance
Lightning Source LLC
Chambersburg PA
CBHW070457030726
47503CB00004B/1087